西村京太郎

十津川警部
西武新宿線の死角
新装版

実業之日本社

実業之日本社文庫

目次

第1章　高田馬場駅ホーム

1

会いたいのに、なかなか会えないという友だちがいる。

逆に、さして会いたくもないのに、やたらに顔を合わせてしまう友だちもいる。

警視庁捜査一課の西本《にしもと》刑事にとって、小川裕介《おがわゆうすけ》という男は、会いたいのに、なかなか会えない友だちの一人である。小川裕介は、同じ二十八歳で、大学時代の同窓生である。

小川と、別に趣味が同じというわけではない。ただ、気が合うというのか、小川と一緒にいると、何となく心地よいのである。

数年前、二人は、何かといえば、よく会っていた。その頃、西本は、中央線の三鷹《みたか》に、住んでいたが、小川も、同じ中央線の、中野に住んでいた。

それで、一緒に新宿や四谷《よつや》で食事をしたり、酒を飲んだりする機会も多かったのだが、小川が突然、西武《せいぶ》新宿線沿線の埼玉県所沢《ところざわ》市に、引っ越してしまった。そのせいもあってか、その頃から、小川から電話がかかってくる回数も、次第に少なくなり、そのうちに、会うこともなくなっていった。

四月十日の朝、西武新宿線の高田馬場《たかだのばば》駅で、殺人事件が、発生したという知らせが、警視庁捜査一課に届いた。正確な時刻は、午前八時四十二分である。

最初は、大雑把《おおざっぱ》な情報だった。

高田馬場駅で、到着した電車から降りてきた女性客の一人が、背中を刺されてホームに倒れ、すぐに救急車で病院に運ばれたが、絶命した。

それだけの情報だった。

それでも殺人事件と見た、刑事たちが、パトカーで西武新宿線高田馬場駅に向かった。そのなかには、西本刑事も入っていた。

現場に急行する途中で、犯人が、捕まったという新たな情報が飛び込んできた。

とにかく朝の通勤通学の、最も混雑するラッシュアワーである。こんななかでの殺人では、犯人を特定するのは難しいだろうと、それまでは、刑事たちは、考えていたのだが、すでに、犯人が捕まり、駅長室に、身柄を拘束《こうそく》されているというのである。

高田馬場駅に着くと、刑事たちは、犯人が捕らえられているという駅長室に、急いだ。

駅長室のドアを開ける。

奥のほうに、四、五人の駅員に囲まれて、椅子《いす》に腰を下ろしている若い男がいた。その男の顔を一目見るなり、西本は、思わず、大きな声で、

「小川じゃないか！」

と、叫んだ。

「そこで何をしているんだ？」

「この男が、犯人ですよ」

駅員の一人が、大声で、いった。

「彼は、自分が犯人だと、自白したんですか？」

「いいえ、自白は、しておりません。本人は、否定しています」

「それなら、まだ、犯人じゃないだろう」

思わず、西本は叫んでしまった。

その声に驚いて、十津川《とつがわ》警部は、振り返って、

「君の知り合いなのか？」

「大学時代からの友人です」

西本が、答える。

十津川は、チラリと、椅子に腰を下ろしている男を見てから、

「君と日下《くさか》刑事の二人で、すぐにホームに行って、事件の目撃者を見つけて、話を聞いてこい」

と、命令した。

「しかし、私は、ここで」

西本が、いいかけるのへ、それをさえぎって、

「いいから、すぐに行け」

十津川も、大声を出した。

西本は、仕方がないという顔で、日下刑事と二人、駅長室を出ていった。

その後で、十津川は、駅長に、

「事件の経過を、簡単に説明してもらえませんか？」

駅長が、メモしておいたものを目で追いながら、説明した。

「本日の午前八時二十一分に、本川越《ほんかわごえ》発の準急が当駅に到着し、乗客が、ドッと降りてきました。先頭五両目から降りてきた若い女性が、突然、ホームで、倒れました。最初は、気分でも悪くなって倒れたのかと思われたのですが、背中にナイフが突き刺さっていて、周《まわ》りにいた人たちが、騒ぎ始めたので、駅員の一人が、すぐに、一一九番して救急車を呼び、近くの病院に運んだのです。しかし、病院に着いた時には、すでに手遅れで、絶命していたという連絡が、病院から入りました」

「そこに、座っている男性を、どうして犯人だとして、ここに連れて来られたんですか？」

十津川の、その質問には、駅員の一人が、答えた。

「女性客がホームで倒れた時、周りにいた乗客が騒いだので、私が、すぐに、駆けつけました。そうしたら、この男性が、一人だけ、倒れた女性客のそばに、しゃがみ込んで、オロオロしているのです。とにかく事情を聞こうと思って、駅長室に、連れてきました。知り合いなのかと、聞きましたが、何も答えないのです。身体検査をしたら、上着のポケットから、これが出てきました」

駅員は、薄手の手袋をテーブルの上に置いた。

「今日はこんなに暖かいのに、手袋を持っているなんて、おかしいじゃありませんか？　不自然ですよ。それから、彼は、西武の定期券も持っていました。所沢と高田馬場の間の定期券ですが、亡くなった女性も、所沢から高田馬場までの、定期券を持っていました。そして、同じように、十両編成の五両目に乗っていたのです。つまり、女性のそばにいた可能性が、強いので、話を聞こうと思ったのですが、黙ってしまって、一向に、口を開こうとしません。それで、かなり、怪しい男だと、思っているのですが」

十津川は、話を聞きながら、定期券と手袋に、目をやった。

定期券は、間違いなく所沢と高田馬場間の定期で、今年一月から六カ月間有効の定期である。名前は、小川裕介、二十八歳となっている。

「小川裕介さんですね？」

と、いってから、十津川は、

「ナイフで刺されて亡くなった女性とは、お知り合いですか？」

男は、黙っている。

「そうやって黙っていると、あなたにとって不利になるばかりで、いいことは、一つもありませんよ」

亀井《かめい》刑事が、そばから、いった。

「同じ車両に乗っていたことは、間違いないんでしょうね？」

十津川が、聞いても、今度も、また黙っている。

「何も答えていただけないとなると、われわれとしては殺人容疑で、あなたを、逮捕せざるを得なくなりますよ。それでもよろしいんですか？」

「何もいいたくない」

ポツリと、その男、小川裕介が、いった。

2

ホームは、次々に到着する列車で、混雑していた。まさに、ラッシュアワーである。

西武新宿線には、「小江戸」という特急が走っていてこれに乗ると、所沢から高田馬場まで、二十四分で着く。

ウイークデイには、普通、準急、急行、通急、快急が走っている。問題の準急を使うと所沢、高田馬場間は、四十二分である。

そんななか、駅員が、西本と日下の二人の刑事を、女性が倒れた場所に、案内してくれた。そこには、血痕らしきものが見つかった。

高田馬場駅は、終点の西武新宿駅の一つ手前だから、ここから乗るお客は、ほとんどいない。

駅員が、西本と日下に向かって、説明してくれる。

「お客さんが、ドッと、降りてきた時に、そのなかに、二十五、六歳の若い女性がいて、ホームで、パッと、倒れたそうなんです。背中にナイフが刺さっていて、血が流れているのが見えたので、大騒ぎになってしまって、お客さんの一人が駅員を呼びに来たので、私たち二、三人で、慌てて、駆けつけたんですよ。そうしたら、倒れた女性のそばに、さっき、駅長室にいた男が、しゃがみ込んで、いました。様子がおかしかったので、詳しく話を聞こうと思って、駅長室に、連れていったのです」

「倒れた女性の名前は、分かっているんですか？」

と、日下刑事が、聞いた。

「分かっています。救急隊員が来た時に、その女性が持っていた定期券や身分証明証を、見ましたから。名前は、田代美由紀《たしろみゆき》さん、二十五歳で、定期券は、所沢からこの高田馬場になっていました」

「心配だな」

日下が、西本に、いった。

「何かの間違いだ。あいつが、犯人のはずはない」

西本が、答える。

「どんな友だちなんだ？」

「どんなって、大学時代の同窓生で、気になるヤツだよ」

「気になるって？」

「しばらく会わないでいると、どうしているかなと思って、気になる友だちっているじゃないか？　そういうヤツなんだ」

「大学を卒業してからも、よく会っていたのか？」

「ああ、以前は、お互いに同じ中央線の沿線に住んでいたので、かなり頻繁《ひんぱん》に、会っていたんだ。だが、ここに来て、あいつが、突然中野から所沢に、引っ越してしまったので、なかなか会えなくなっていて、それで、気になっていたんだ。まさか、こんなところで、こんな形で会うとは、夢にも、思わなかった。絶対に、何かの間違いだ」

と、西本は、繰り返した。

「彼は今、いったい、どんな仕事を、やっているんだ？」

「平凡なサラリーマンだよ。確か、この高田馬場の駅近くにある出版社に、勤めているはずだ。あまり知られていない、小さな出版社だが、いい本を出したいといって、張り切っていたんだよ。そんな男が、殺しなんかやるはずがないんだ」

「そうだな」

「だから、何かの間違いだと、さっきからいっているんだ」

西本は、自分にいい聞かせるように、いった。

3

所轄署に、捜査本部が置かれた。黙秘を続ける小川裕介は、捜査本部に連行されて、改めて、尋問《じんもん》を受けることになった。

十津川と亀井は、尋問の前に、被害者、田代美由紀が運ばれた、救急病院に行き、医者に、話を聞くことにした。

凶器のナイフは、刃《は》渡り十八センチ、それが、柄元まで突き刺さっていたと、医者が、いった。

「死因は、ショック死ですね」

と、医者が、いう。

「ほかには、外傷は、なかったのですか？」

「まったくありません」

「被害者ですが、内臓器官に、何か病気を持っていて、ナイフで刺されたことが原因で死亡したというようなことはありませんか？」

「いや、いたって健康体でしたよ。悪いところは、どこもありませんね」

医者は、強い口調で、いった。

田代美由紀の所持品も、病院で受け取った。

まず、ショルダーバッグ。バッグの中身は、二万六千円の現金が入った財布、携帯電話、ハンカチ、小さなケースに入った化粧道具、定期入れなどで、定期入れのなかには、身分証明証も、入っていた。

その身分証明証によると、彼女の勤務先は、国交省の、外郭団体、公益法人「交通事故調査会」とあった。その調査会の住所は、高田馬場駅の近くである。そこへの出勤途中で、事件に巻き込まれたのだろう。

依然として黙秘を続けている小川裕介の所持品のほうも、もちろん調べている。

国産の腕時計、携帯電話、三万二千円入りの財布、定期入れ、名刺《めいし》入れ、キーケースそして、問題の手袋などである。

尋問は、十津川と亀井の二人が、担当した。

4

「本日、西武新宿線の、高田馬場駅ホームで、背中を刺されて、死亡した田代美由紀さん、二十五歳ですが、あなたは、彼女のことを、以前から知っていたのではありませんか？　その点は、どうですか？」

と、十津川が、聞いた。

その質問についても、黙秘を続けるのかと思ったが、小川は、

「いや、面識はありません。まったく知らない女性です」

と、意外に、素直に、答えた。

「しかし、駅員は、倒れた女性のそばに、あなたが、なぜか、オロオロして、しゃがみ込んでいたと証言しているんですよ。これは、事実ですか？」

「それは、たまたま、女性が倒れたので、どうしたのかと思って、声をかけたの

です。それだけです」

「本当に、知らない女性なんですね？」

「ええ、知りませんよ」

「ウソをつくと、あなたにとって、不利になることは、もちろん、分かっていらっしゃいますよね？」

「ええ、もちろん、承知しています」

「では、お聞きします。これは、あなたが持っていた携帯電話なんですが、このなかには、二十六人の名前と電話番号が登録されています。そのなかに、田代美由紀という名前も入っているんですがね。もちろん、電話番号もです。これは、どういうことですか？」

　十津川が、聞くと、小川は、また、下を向いたまま、黙ってしまった。

「あなたは、殺された田代美由紀さんのことを、以前から、知っていたことになりますね。電話をかけたこともあるんじゃないですか？　それでも、知らないというのですか？」

「答えたくありません」

「あなたの上着のポケットに、この手袋が、入っていたんですが、これは、どういうことですか？」

「寒くなったら、困ると思って、いつでも持っているんです。それだけのことで、特に、意味はありません」

「なるほど。そういうことですか。しかし、今日は、四月になってから、一番暖かい日なのですが、あなたにとっては、今日も、寒い日だったんですか？」

「そんな質問には、答えたくありませんね」

「あなたの上着のポケットには、名刺入れがあって、名刺が十枚、ありました。全部同じ肩書、名前の名刺で『アスカ出版　月刊アスカ編集部　小川裕介』とありましたよ。あなたの名刺で、間違いありませんね？」

「そうです。私の名刺です」

「ということは、このアスカ出版で働いているということになりますね？」

「ええ、そこで、雑誌の編集の仕事をやっています。ウチは大きな出版社ではありませんが、『月刊アスカ』という雑誌を出しています。その編集を、やっているんです」

「実は、さっき、このアスカ出版に、電話をかけてみたんですよ。電話に出た荒木という社長さんが、確かに、小川裕介という編集部員が、いたが、三月いっぱいで、クビにしたと、いっていますが、これはどういうことなんですか？」

「社長は、私が逮捕されたんで、ウソをついているんですよ。自分のところの社員が、警察に捕まったんで、これはマズいと思ったんじゃないですか？　だから、ウソをついたんですよ」

「しかし、あなたが、逮捕されたということは、一言もいわずに、お宅の会社に、小川裕介という社員はいますかとだけ、聞いたんですよ。それに、電話に出た社長さんも、慌てた様子は、まったくなくて、落ち着いた声で、三月末で、小川裕介という社員は、クビにしたと、はっきりそういったんですがね」

「ですから、あの社長が、ウソをついているんですよ」

「しかし、どうして、ウソをつく必要があるんですか？」

「そんなこと、知りませんよ。あの社長は、もともとウソつきなんだから」

小川は、ムキになって、いった。

「電話の感じでは、そんなふうには、思えませんでしたけどね」

とだけ、十津川は、いった。

小川裕介は、この日は、留置されることになった。

十津川と亀井が、戻ると、西本刑事が心配して近づいてきた。

「どうなっているんですか？　まさか、あいつが犯人というわけでは、ないんでしょう？　否定しているんでしょう？」

「本人は、否定しているよ。だが、容疑は、濃厚だね。カメさんも、同じ意見だ。何よりも、警察に、協力しようとしない。何かといえば、分からないと、否定する。あれでは、心証を悪くするだけだよ」

と、十津川は、いった。

西本は、亀井刑事にも、小川裕介のことを聞いた。

十津川は、大雑把《おおざっぱ》な話しかしなかったが、亀井は、小川裕介が、どんなに非協力的かを、一つ一つ、例を挙げて、西本に、聞かせてくれた。

「とにかく、ウソばかりついているんだよ。小川裕介の携帯電話には、殺された田代美由紀の名前と、電話番号が登録されていた。それなのに、彼女のことを、まったく知らないという。職業について聞かれると、高田馬場にあるアスカ出版という出版社に勤めているという。ところが、アスカ出版に問い合わせると、三月末でクビにしたから、今は社員ではないと、社長が、いっているんだ。それに、こんなに暖かい日なのに、背広のポケットには、手袋が、入っていた。理由を聞くと、自分は、寒がりだからだと、いうんだが、これもウソだろうね。何か理由があって、手袋を持っていたんだ。凶器のナイフの柄からは、指紋が一つも検出されなかった。つまり、犯人は、手袋をはめた手で、ナイフを握っていたということになる。この三つのことだけでも、小川裕介の容疑は、十分だと思うね」

亀井は、突き放すような口調で、いった。

どうやら、小川裕介は、十津川や亀井の心証を、悪くしてしまったらしい。

西本は、事態の深刻さを知って、暗い気持ちになった。

翌日、十津川の命令で、西本、日下、三田村《みたむら》、それに、北条早苗《ほうじょうさなえ》の、四人の刑事が、所沢に向かった。殺された田代美由紀の自宅マンションと、容疑者、小川裕介の、同じく所沢の自宅マンションを調べるためである。

十津川が、四人もの刑事を差し向けたのは、西本刑事のことを、心配したからである。

友人という目で見ては、捜査が、どうしても、甘くなってしまう。それを恐れてのことだった。

四人の刑事はまず、容疑者、小川裕介の住んでいるマンションに、向かった。

西武新宿線の所沢駅から歩いて、三十分ほどのところにある、中古の、六階建てのマンションだった。

「駅からは、かなり遠いね」

と、日下が、いった。

「小川裕介の話では、マンションから、駅までは、毎日、自転車で、通っているということだった」

と、三田村が、いう。

マンションの三〇六号室が、小川の部屋だった。一ＤＫの狭い部屋である。

小川が、中野からここに、引っ越してきてから、西本は、このマンションに、遊びに来たことはなかった。

（そうか、小川は、こんなところに住んでいたのか）

と、西本は、思った。

部屋に入ると、改めて、小川らしい部屋だと、思った。何もない殺風景な、部屋なのだが、それが、いかにも、小川らしいといえば、小川らしいのだ。

何もないなかに、パソコンと、ギターが置いてある。それに、プロが使うような、カメラもある。

雑誌の編集をしていると、取材の仕事も多いから、その時には、プロ用の、カメラが必要なんだ。そういって、小川が、自慢していたのを、西本は、思い出した。

「ここには、鉄アレイもあるよ」

と、日下が、いい、その一つを手に取った。

「体を鍛《きた》えていたのかしら?」

と、北条早苗が、いうと、西本が、

「出版社の仕事は、とにかく、体力勝負だと、小川は、そんなことを、いっていた」

「しかし、これは、不利になるかもしれないぞ」

と、三田村が、いう。

「どうしてだ？」

西本が、聞く。

「犯人は、背中からナイフを突き刺した。刃渡り十八センチのナイフの、柄元まで、刺したというから、かなりの力の、持ち主なんだ。この鉄アレイで、体を鍛えていたとすると、その証明になってしまう」

と、三田村が、いった。

机の引き出しを、調べていた北条早苗刑事が、五枚の写真を見つけてきて、それを机の上に並べた。

「これ、どう見ても、殺された女性の写真よ」

確かに、そこに、写っていたのは、高田馬場駅で、刺殺された田代美由紀だった。

それは、まともに、撮《と》った写真ではなかった。明らかに、隠し撮りした写真である。おそらく、小川が、部屋にあるプロ用のカメラを使い、望遠レンズで、撮ったものだろう。

「これも、あなたの友だちにとっては、不利な証拠になるわね」

早苗が、西本に、いうと、三田村も、

「この写真を見れば、誰もが、田代美由紀に対するストーカー行為だと、受け取るんじゃないかな？」

西本は黙って、その写真を見ていた。確かに、女性に、気づかれないように、隠し撮りした写真であることは、間違いない。

しかし、西本が知っている小川裕介は、女性に対して、こんな卑劣な、ストーカー行為をするような男ではなかった。

好きな女性がいれば、正々堂々と、正面から名乗りを上げて、ヘタな言葉であっても、一生懸命に、口説くような、そんな男なのである。隠れて女性の写真を撮るような、そんな性格ではない。そのことは、西本が、よく知っている。

しかし、ここにある五枚の写真は、どう見ても小川自身が、撮ったものだろう。どうして、こんな写真を、撮ったのだろうか？

それが、西本には、不思議でならないのだ。

十津川の話では、小川裕介の携帯電話には、二十六人の連絡先が保存されていて、そのなかには田代美由紀の名前と、電話番号が、登録されていたというから、彼女に、電話をかけたこともあるのだろう。

それなのに、なぜ堂々と、写真を撮らせてくれといわなかったのだろうか？どうして、こんな、隠し撮りのような、みっともない真似《まね》を、したのだろうか？

西本は黙って、机の上にあった、パソコンの電源を入れ、田代美由紀という名前を検索してみた。

途端に、田代美由紀に関する情報が、画面いっぱいに、現れた。

彼女の生年月日、身長、体重、住所、交友関係、家族関係、趣味、そして、彼女が勤めている公益法人交通事故調査会の事業内容や、職員数などの情報が、次から次に、ズラリと出てくるのだ。

理由は分からないが、田代美由紀の去年十月七日から一週間の行動が、綿密に記述されていた。

おそらく、この一週間の間に、小川裕介は、彼女の写真を、隠れて撮ったのだろう。それが、机の引き出しに入っていた写真ではないのか？

しかし、小川裕介は、なぜ、こんなに、細かく、田代美由紀について、調べていたのだろうか？

それも、西本には、分からなかった。

これでは、ストーカーといわれても仕方がないではないか？

そう思うと、西本は、さらに、重苦しい気分になっていった。

5

四人の刑事は、パソコン、プロ用のカメラ、五枚の写真を押収して、小川裕介のマンションを後にすると、今度は、被害者、田代美由紀のマンションに向かった。

こちらは、小川裕介のマンションとは違い、所沢駅近くにあった。十五階建てのマンションの最上階に、田代美由紀が住んでいた部屋があった。

二DKの部屋で、いかにも、若い女性の部屋らしくて、華やかだったが、だからといって、有名なブランド物などは、ほとんどなくて、その点からも田代美由紀という女性が、しっかりした性格の女性であることを、感じさせた。

刑事たちの目を引いたのは、本棚に入っていた本が、ほとんど、交通事故に関する報告書や、外国の事故報告書の翻訳本《ほんやくぼん》だということだった。

机の上のパソコンに入っていたのも、同じように、各国の交通事故に関する事例と、その報告書が、ほとんどである。

「彼女は、かなりの、勉強家だったんだな」

三田村刑事が、ため息をついた。

問題は、殺された、田代美由紀と、容疑者、小川裕介との、関係である。

刑事たちは、二人が、どんな関係だったのかを知ろうとして、管理人を呼んで、話を聞くことにした。

管理人の証言によると、田代美由紀は、四年前から、このマンションに、住んでいるという。おそらく、短大を卒業して今の勤め先に就職が決まった後、ここに、引っ越してきたのだろう。

刑事たちは、小川裕介の名前と、彼の顔立ちを、説明した後で、彼が、訪ねてこなかったかを聞いた。

「小川裕介という名前の方は、存じませんね。そういう名前を、田代さんからお聞きしたこともありません」

と、管理人は、いう。

「彼女のところには、いろいろな人が遊びに来ていましたか？　女性でも男性でも、どちらでも、構わないのですが」

日下が、聞いた。

「そうですね、土曜日や日曜日なんかは、お友だちが、よく、遊びに来ていらっしゃいましたよ」

「女性も男性もですか？」

「ええ、女性のほうが多かったみたいですが、男性も結構いましたね」

「ということは、彼女は、よく、モテたということですか？」

「ええ、田代さんは、明るくて、社交的な方ですし、なかなかの美人ですからね。男性には、かなりモテたと、思いますよ。でも、皆さんがいわれる小川裕介という方ですが、その方は、ここには、来ていなかったと思いますね。小川さんとかいう名前は、聞いたことが、ありませんし、今、皆さんが教えてくださった顔立ちの方を、私は、一度も、見ておりませんから」

と、管理人が、いった。

「彼女は、車を持っていましたか？」

早苗が、聞いた。

「隣りに駐車場がありますが、そこに、田代さんの車が、あるはずです。ツートンの軽自動車です」

四人の刑事は、駐車場に行って、車を確認することにした。

管理人が、いったように、田代美由紀の軽自動車が、そこに、置かれてあった。ツートンのいかにも若い女性が好みそうな、可愛《かわい》らしい色と、デザインの軽自動車である。

刑事たちが、くわしく調べてみると、後ろのブレーキランプが、故障していた。何かにぶつかって、片方のランプが壊れてしまったらしい。

そのことを、刑事が、管理人に聞くと、

「そういえば、半月くらい前でしたかね。三月二十五日の日曜日に、走っていたら、いきなり、後ろからぶつけられたと、田代さんが、おっしゃっておられましたよ」

「追突されたんですか？」

「そうみたいですね。相手が大きなトラックだったので、怖かったと、おっしゃっていました」

「その事故は、警察に、届けたんですかね？」

「いや、届けていないようですね。ぶつけられたと思った瞬間、相手の車が、逃げてしまって、相手のナンバーも、分からないので、そのままにしたと、田代さんは、おっしゃって、いましたから」

「場所は、分かりますか？」

と西本が、聞いた。

「はっきりしたことは、分からないんですが、この先に、航空公園があるでしょう？　その近くを、走っている時に、ぶつけられたとおっしゃっていましたから」

「もう一度確認しますが、大きなトラックにぶつけられたと、彼女は、いっていたんですね？」

と、西本が、聞いた。

管理人が、うなずいている。

（これは、小川にとって、少しは、有利な証言に、なるかもしれないな）

と、西本は、思った。

この追突が、偶然の事故でなければ、誰かが田代美由紀を狙っていたことになるからだ。

四人は、最後に所沢駅に向かった。

前もって、十津川から、時間があれば、事件が起きた四月十日に、二人は、偶然、同じ電車の、同じ車両に乗ったのか、それとも、毎日のように、同じ電車の同じ車両に乗っていたのが、それを、調べてこいと、いわれていたからである。

西武新宿線所沢駅には、何台もの監視カメラが、備えつけられていた。上りホーム、西武新宿駅方面行きの、ホームにもである。

四人の刑事は、監視カメラに映っているいくつかの映像を、見せてもらうことにした。

今回の事件で、小川裕介と田代美由紀は、先頭から、五両目の車両に乗っていた。その辺りを映している監視カメラの映像を、いくつか見せてもらった。

まず、四月十日の映像である。

「いるわよ、二人とも」

すぐ北条早苗が、いった。

なるほど、画面には、ラッシュアワーの乗客の雑踏が、映っているのだが、そのなかに、田代美由紀が、まず、見つかった。

その近くに、小川裕介も映っているのである。

この二人を含んだ乗客の大きな固まりが、西武新宿駅行きの、準急の車内に呑《の》み込まれていく。この準急の所沢発は七時三九分である。

駅員が、解説してくれた。

「いつも、先頭から、五両目の車両のいちばん後ろの扉から乗っていますね」

そこで、前日、四月九日の同じ監視カメラの、同じ時刻の映像も、再生してもらった。

予想通りだった。

四月九日の同じ時刻の、西武新宿駅方面行きの同じホーム、同じ映像のなかに、二人の姿が、映っていた。

さらに、同じ七時三九分発の準急の五両目の、一番後ろの扉から乗り込んでいく乗客のなかに、二人が、映っているのである。

「この監視カメラの映像は、どのくらい昔のものまで残っているんですか？」

と、日下が、聞いた。

「こちらとしても、毎日の映像を、すべて、長期間保存しておくわけにもいきませんから、毎年一月、三月、五月、七月、九月、十一月と、奇数月の、最初の月曜日の映像だけを取っておくようにして、ほかの映像は、全部消去しています」

と、駅員が、いった。

「どうして、月曜日の映像なんですか？　週末の映像は、保存して、おかなくてもいいのですか？」

「こちらの、西武新宿線も西武池袋線も基本的には、通勤通学の、電車なんですよ。それで、月曜日の映像だけを取っておいて、営業の参考にするわけです」

「それでは、四年前の、五月の最初の月曜日の映像を見せてもらえませんか？」

と、日下が、いった。

パソコンの画面に、四年前の五月最初の月曜日の、映像が映し出された。そこには、間違いなく、田代美由紀が、映っていた。しかし、小川は映っていない。

念のために、四年前の七月、九月、十一月のいずれも、最初の月曜日の映像を見せてもらった。

間違いなく同じ場所で、田代美由紀が、ラッシュアワーの乗客に、押されながら、西武新宿行きの準急列車に、乗り込むところが、はっきりと映っていた。おそらく、その頃から、田代美由紀は勤務先、高田馬場にある、交通事故調査会に通うようになったのだろう。

「小川裕介が、所沢に引っ越したのは、いつ頃なんだ？」

と、日下が、聞いた。

「確か、半年くらい前からだと覚えている」

そこで、去年からの監視カメラの映像を見せてもらうことにした。

十一月、今年に入って一月、三月の第一月曜日の、映像である。

まず十一月の最初の、月曜日の映像を見る。

「やっぱり、あったぞ」

満足そうに、日下が、いった。

同じ時刻の映像に、ホームで電車を待つ田代美由紀と、小川裕介が、映っていたのである。

田代美由紀は、何を見るということもなく、周囲を、漠然と見ているようだったが、少し離れたところに、映っている小川裕介のほうは、じっと、彼女のほうに、目を向けていた。

それから今年一月の第一月曜日、三月の第一月曜日、両方の映像を見ても、二人の、その姿勢は、同じだった。

「これは、君の友だちにとっては、あまりいい映像じゃないな」

と、三田村が、いった。

「ああ、分かっている」

西本が、うなずいた。

この映像を見れば、誰だって、同じような結論を、持つだろう。

田代美由紀という若い女性が、四年前から所沢に住み、高田馬場にある、交通事故調査会という団体に、毎日、西武新宿線で、通っていた。いつも、同じ準急の、同じ車両に乗っていた。

その田代美由紀と、同じ車両に乗りたくて、小川裕介という、二十八歳の男が、所沢に引っ越し、彼女が乗る同じ準急で同じ高田馬場まで、通勤していた。

映像に映っている田代美由紀を見る限り、小川裕介のことは、まったく、意識していないように思われる。

逆に、小川裕介のほうは、毎日、同じ列車の同じ車両に乗って、田代美由紀のことをずっと、見つめていたに違いない。

「この映像を見る限り、お友だちは、どう考えても、彼女に対する、ストーカーね。いい訳の余地は、ないわ」

北条早苗が断定した。

6

同じ頃、十津川と亀井は、小川裕介に関する話を聞くために、高田馬場にあるアスカ出版を、訪ねていった。

高田馬場駅前の雑居ビルのなかにある、小さな出版社である。

二人は応接室で、社長の荒木に会った。社員は全部で十五人。それで、「月刊アスカ」を出している。

十津川は、前に、電話で、小川裕介のことを聞いたので、荒木に、そのことの礼をいってから、

「あの時、お聞きするのを、忘れたのですが、どうして、小川裕介は二週間前に、このアスカ出版を、辞《や》めたんですか？」

「いや、辞めたんじゃありませんよ。クビにしたのです」

荒木が、強い口調で、いった。

「クビにした理由は、何ですか？」

亀井が、聞く。

「ウチでは、『月刊アスカ』という雑誌を出しています。政治や経済、社会問題などを取り上げる総合雑誌ですよ。ほかの週刊誌や月刊誌では、書けないような、思い切ったことを、はっきりと書くので、ファンも多く、総合雑誌としては、まあ、売れているほうです。毎月、私と編集長とで、次の号では、何を取り上げるかを、決めるのですが、小川裕介は、私と編集長で出した方針を、無視して、それどころか、『月刊アスカ』の名前を利用して、自分が聞きたいこと、知りたい

ことを、役所に行ったり、有名人に、会ったりして取材していたんです。突然、二、三年前に起きた事件について、調べたりもしていたんですよ。そういうことは、止《や》めるようにと、何度もいったのですが、聞く耳を持ちませんでした。それで仕方なく、辞めてもらったんです」

「小川裕介は、なぜ、そんなことをしていたんですか？　編集方針に沿わないようなことを調べても、一円の得にもならないでしょう？」

「いや、そうは、思えませんよ」

「どうしてですか？」

「たぶん、小川は、内職していたんだと、思いますね」

「内職ですか？」

「『月刊アスカ』の名前を使って、ほかの月刊誌、週刊誌が、取材できないようなことを調べて、そちらの雑誌に、原稿を、高く売っていたのではないかと、そんな気がして、仕方がないんですよ」

「今までに、それらしいことが、あったんですか？」

「ええ、あったんですよ。以前、ある週刊誌が、大臣のスキャンダルを、大きく取り上げたことがあるんです。ところが、その週刊誌が、大臣を、追っていた形跡が、ないのです。こちらで調べたところ、小川裕介が、ウチの仕事をほったらかして、その大臣の、女性関係を調べていたことが分かったんです。どうやら、小川は、そのネタを、週刊誌に、百万円で売ったらしいんですよ」

「百万円ですか」

「その週刊誌に、問い合わせたところ、最初はまったく知らないと否定していましたが、私が、警察沙汰《ざた》にするぞと、脅《おど》かしたら、やっと、ウチの小川から、百万円で、情報を買ったことを認めました」

「小川裕介本人は、認めているんですか？」

「はっきりとは、認めてはいませんけどね、今回、そのことを、口にしたら、クビにするよりも先に、辞表を、書いてきました。まあ、認めたようなものです」

社長の荒木が、笑った。

次に、十津川と亀井が、訪ねたのは、同じ高田馬場にある、公益法人交通事故調査会である。典型的な国交省の天下り先だといわれている団体だった。

理事長には、代々、国交省の元事務次官が就任していて、職員の数は、五百六十人。自動車事故、鉄道事故、航空機事故など交通関係の事故が発生した原因を調査して、国交省に、報告することを業務としている。

十津川は、桜井《さくらい》正道《まさみち》という広報部長に会った。

十津川は、単刀直入に、

「昨日の朝に、こちらの職員の、田代美由紀さんが、西武新宿線の高田馬場駅で、殺されたことを、もちろん、ご存知ですよね？」

「もちろん、知っています。ショックでした。田代君は、まだ若いですが、非常に、優秀な職員でしたから」

と、桜井が、いう。

「田代さんは、いつから、こちらに勤務されるようになったんですか？」

「四年前からです。短大を卒業した後、一年置いてから、ウチに、入ってきたのです。今も申し上げたように、優秀な職員でした」

と、桜井は、繰り返した。

「こちらの調査会は、どういう業務を、なさっているんですか？」

「今、日本全国で交通事故が起きない日は、ありません。交通事故といっても自動車事故ばかりでは、ありません。ほかに、鉄道の事故や船舶の事故、それに、航空機の事故について、国交省から依頼があれば、ウチの職員が、十人から三十人程度のチームを作り、調査して、その事故の原因と今後の是正措置《ぜせいそち》について、国交省に、報告します」

「亡くなった田代美由紀さんも、今、桜井さんがおっしゃった交通事故の調査に携《たずさ》わっていたのですか？」

十津川が、聞くと、桜井は、現在、交通事故調査会が、調査している日本全国の事故についての一覧表を、持ち出してきた。

「ご覧のように、現在、ウチが調査している事故は、全部で、四十二件に上《のぼ》っています。鉄道事故、航空機事故などといった大きな事故は、それほど、頻発《ひんぱつ》していませんが、小さな事故は、毎日のように、起きているのです。マスコミが、取材のためにヘリコプターを借りて、そのヘリコプターが墜落すると、それについての調査もしなければなりません。高速道路での玉突き事故があれば、なぜ、その場所で、玉突き事故が、起きたのか、前にも、同じ場所で事故が起きたのではないのか？　そうした調査も必要です。どんな小さな事故でも、事故の原因を調べて、今後の交通安全の参考にしなければなりません。ウチには事故の専門家がいて、その専門家の指示で調査に当たる職員が、いるわけですが、田代美由紀君も、そのなかに、入っていたのです。今も申し上げたように、十人から三十人、大きな事故では、五十人、六十人のチームを編成して調査に、当たっています」

自慢気に、桜井が、いった。

「最近、田代美由紀さんが、何か、不安に思っていたり、悩んで、いたようなことは、ご存知ありませんか？」

十津川が、聞くと、桜井は、その問いには答えず、逆に、

「新聞によると、彼女がストーカーに、狙われていたらしいというようなことを、書いた記事が、あったのですが、本当ですか？」

「それは、確定したことでは、ありません。そういうことも、考えられるということです。もう一度お聞きしますが、最近、田代美由紀さんが、友だちか、あるいは、両親に、何か、怖い目に遭っているとか、誰かに脅かされているとか、そういうことを、相談したことはありませんか？」

「今のところ、何も、聞いておりませんが、もし、何か、分かったら、すぐ、そ

ちらに、お知らせしますよ」

桜井は、十津川に約束した。

第2章　死者の足跡

1

理事長の五十嵐清志《いがらしきよし》は、女性秘書を呼びつけると、川本《かわもと》第三課長に、至急来てもらうようにと、いった。五十嵐は、今年で六十五歳。この交通事故調査会の理事長に就任して三年になる。

その前は、国交省の事務次官だった。

第三課の川本課長が、やって来た。第三課は、主に、鉄道事故に関する調査を扱うセクションである。

五十嵐は、秘書がコーヒーを淹《い》れて、隣りの部屋に引っ込むのを待ってから、

川本に向かって、

「君の下で働いていた田代美由紀のことだが、警察が、君のところにも、何か聞きに来たかね？」

「いえ、私のほうには、警察は来ていませんが」

「そうか、桜井広報部長のところには、十津川という捜査一課の警部がやって来て、死んだ田代美由紀について、聞いていったそうだ」

「広報部長は、どんなことを、聞かれたんですか？」

「まあ、警察が、普通に聞くようなことだったらしい。この交通事故調査会の仕事の内容とか、死んだ田代美由紀が、どんな仕事をしていたのか、彼女が、人に恨まれるようなことがあったかどうかとか、そんなことだ」

「容疑者が、その場で逮捕されたと、新聞には、出ていました。何でも、容疑者は、若い男だったそうですね？」

「君のいう通り、容疑者は捕まっている。私が、警視庁の知り合いに電話をして聞いたところ、二十八歳の男が、容疑者として逮捕されたといっていた。田代美由紀と同じ埼玉県の所沢に住んでいて、監視カメラで調べたところ、いつも、彼女と同じ、新宿行きの準急の前から五両目のいちばん後ろのドアから、乗っていたんだそうだ。どうやら、その若い男は、田代美由紀を、追いかけていたストーカーだったらしい」

「ストーカーですか」

と、川本は、苦笑した。

「ストーカーが、自分の思いを遂げたくて、彼女に、接近したが、冷たくされたので、高田馬場で降りるところを、背後から刺した。警察は今のところ、そう考えているらしい」

「ストーカーの挙句の殺人ですか？　それを聞いてホッとしました」

「君も、心配していたのか？　ところで、第一回の報告書は、できたかね？」

「でき上がりましたので、お持ちしました」

川本は、できたばかりの分厚い報告書を、五十嵐の前に、置いた。

表紙は、「九月十六日　北陸本線『特急サンダーバード』脱線事故　調査報告書」となっている。

「これから目を通して、疑問のところがあれば、君に確認するから、そのつもりでいてくれ」

と、五十嵐が、いった。

2

去年の九月十六日、「特急サンダーバード29号」は、走行中に脱線事故を起こし、乗客百四十六人のうち十七人が死亡、五十二人が負傷するという、大惨事になった。乗務員のうち、運転士一名が死亡した。

事故原因の究明を、国交省から依頼された交通事故調査会は、専門家を集めて審議会を組織し、事故原因を調査していた。川本が理事長に提出したのは、その第一回の報告書である。

審議会の委員長は、S大で、交通工学を教えている北川浩《ひろし》教授である。

この「特急サンダーバード29号」は、大阪発一六時一二分、終点和倉温泉《わくらおんせん》着二〇時〇八分の列車である。

当日は、台風十五号が、日本列島の日本海側を北に向かって、進んでいた。そのなかでの脱線事故である。

同列車が脱線事故を起こしたのは、日本海側の小松《こまつ》駅を出て、金沢駅に向かっている途中だった。

この日、台風十五号の最大瞬間風速は、三十八メートルにも達していた。台風のために脱線したのではないかという疑問が出てくる。

台風が日本海に沿って北に向かっている時、どうして、「サンダーバード29号」を走らせたのか？　途中で停車させ、運行を中止するべきではなかったのか？

もし、そうであれば、ＪＲの責任が出てくる。

列車を運転していたのは、加藤久雄《かとうひさお》という五十歳の運転士だった。運転士になって二十五年になるというベテランだが、家族の話によると、事故当日は風邪《かぜ》気味で、運転中に酒を飲んだのではないかという疑いもあった。しかし、加藤運転士は、この脱線事故で死亡してしまっているので、彼から話を聞くことはできない。

そのこともあって、交通事故調査会で、原因の調査が、始められたのである。

五十嵐は、その分厚い第一回調査報告書を、丹念に読んでいった。第一回の報告書なので、この脱線事故の原因となったと思われることを箇条書きに上げていき、それについて各委員の簡単な感想が書かれてあった。

その段階で、第一回の、調査報告書は終わっていた。

委員の数は、委員長の北川教授を含めて十一人。その委員に、この脱線事故の資料を集めて渡すのが、第三課の課員十人の役目である。そのなかには、殺された田代美由紀も、入っていた。十人の課員たちも、集めた資料について、報告書を書いている。

十人の課員の書いた十通の報告書を、理事長の五十嵐は、丁寧《ていねい》に、目を通していった。

今回は第一回の報告書だから、十一人の委員の結論は書いていない。

十一人の委員は、当然、第三課の十人の課員が書いた十通の報告書に目を通してから、自分の判断を下すに違いなかった。

五十嵐は、そういう目で十通に目を通していった。

五十嵐は、目を通した後、そこに小さく、ＯＫと書き込んでいった。最初から九通目まで、すべてＯＫ。そして、最後の十通目の報告書には、田代美由紀の名前があった。

五十嵐は、少しばかり眉を寄せて目を通していたが、読み終わってから、十通目のこの報告書には、NOと記入した。

3

「私に、小川裕介の尋問《じんもん》をさせていただけませんか?」

西本が、十津川に、いった。

「それはダメだ」

「なぜですか?」

「君と小川裕介は大学時代の同窓生で、親友だったことは、誰もが知っている。当然、君には、小川裕介に対する先入観がある。もし、小川裕介に有利な証拠が見つかったとしたら、君が疑われる。逆に、あの男に不利な証拠が見つかっても、君が、それを隠してしまうことをみんなが心配する。だから、ダメだ」

「分かりました」

「分かればいい」

「その代わり、警部にお願いがあります」

「何だ？」

「小川裕介を尋問する時、ぜひ、聞いていただきたいことがあるのです。私の代わりに、それを彼に、聞いてください」

「友情あふれる質問なら、悪いが断るぞ」

「いえ、友情には、まったく関係のないことを三点です」

と、西本が、いった。

確かに、西本が、十津川に示したのは、簡単な三つの質問だった。

一、彼女を愛していたのか？
二、自分の意志だったのか？
三、誰かに殺害を頼まれたのか？

二回目の尋問の時、十津川は、西本に代わってこの三点を質問した。

「私は、君が高田馬場駅で、田代美由紀を殺したと決めつけているわけではない。しかし、今のままでは、君は間違いなく、殺人容疑で起訴される。そこで、正直に答えてもらいたいことが、三つある。第一は、君は、彼女のことを本当に愛していたのかね？」

「正直に答えなければいけませんか？」

「もちろん、正直に答えてほしいね」

「それならば、正直に答えます。まったく知らない女性なのですから、愛しているも、愛していないも、ありません」

「では、第二の質問。自分の意志でやったのかね？」

「何をですか？　彼女を殺したことですか？」

「君の今までの人生だよ。生き方すべてといってもいい。それを、自分の意志で生きてきたのかね？」

「そうです。自分の意志で生きています」

「第三問。誰かに頼まれてやったんじゃないのかね？」

「それは、もう答えました」

「答えた？」

「ええ、そうです。二番目の質問として答えました」

「そうか。すべて自分の意志でやったと、君は、そう答えたね」

「そうです。ほかには、答えようがありません」

と、小川裕介は、いった。その後、間を置いてから、

「そう答えてもらいたいのでは、ありませんか、刑事さん。もちろん僕は否定しますがね」

と急に、微笑して、

「今の質問、ひょっとして、西本刑事の質問じゃないんですか？」

「どうして、そう思うんだ？」

「僕の知っている、西本という男の聞きそうな質問だからです」

「君は、西本刑事と同じ大学の同窓生で、親友だったことは知っている」

「確かに、西本とは、大学の同窓ですが、親友だったわけではありません。そういう目で見られるのは心外です」

「そうか。ところで、君のほうから、西本刑事にいいたいことはあるかね？」

「そうですね。勝手な想像はするな。親友面《づら》は、迷惑だ。そう伝えてください」

「分かった。伝えておくよ。それでは、これから別の質問をする」

「いったい、警部さんは、僕から何を聞き出したいんですか？」

「君は、以前には、中央線の、中野に住んでいた。ところが、去年から、突然、西武線の、所沢に住むようになった。中野に住んでいた時も、所沢に住むようになってからも、勤め先は高田馬場にあるアスカ出版だ。当然のことだが、中野のほうが近い。それなのに、どうして、中野から、わざわざ、埼玉県の所沢に引っ越したのかね？　それを説明してくれないか？」

「それは、ただ単に、所沢のマンションのほうが、部屋代が、安かったからですよ。僕が勤めている出版社は、安月給で有名な会社ですから」

と、いって、小川は、笑った。

「われわれが、いちばん知りたいのは、君と、殺された田代美由紀との関係だ。君は知らないといったが、君の携帯には、彼女の名前と電話番号が登録されている。君が知らないという田代美由紀の名前が、なぜ、君の携帯に登録されているのか、その理由を教えてほしいね」

相変わらず、十津川は、穏やかな口調で、いった。

「僕にも分かりません。ボクは仕事柄、毎日、何人もの人に会うんですよ。たぶん、パーティか何かで会った時に、名刺を貰《もら》ったので、機械的に携帯に登録したんだと思いますね。別に、彼女と、付き合っていたわけじゃないから、知らないといってもウソはないでしょう?」

と、小川は、いう。

十津川は、この時点で、尋問を続けるのを止《や》めてしまった。この調子では、たぶん、何をいくら聞いても、本当のことを、いわないだろうと、思ったからである。

翌日、午後一時に招集した捜査会議に、西本刑事の姿がなかった。

西本刑事といつも組んで、捜査に当たっている日下刑事に、

「西本は、どうしたんだ?」

と、十津川が、聞いた。

「午後一時から捜査会議があるからと、いったんですが、いつの間にか姿を消してしまいました」

と、日下が、いう。

「どこへ行ったか、分からないのか？」

「分かりませんが、たぶん、田代美由紀のことを、調べに行ったんだと思います。自分なりの方法で」

「自分なりの方法で？」

「そうです」

「困ったものだな」

十津川は、いい、小さく肩をすくめた。

「探してきます」

と、いって、日下が、立ち上がろうとするのを、十津川は、

「いや、探さなくていい。しばらく好きにさせてやれ」

と、制した。西本が無茶なことはしない、冷静な刑事であることを、十津川は、知っていたからである。

西本には、どうしても一人で、友人の小川裕介のために調べたいことがあるのだろう。しばらくの間は、放っておいた方がいいだろうと、十津川は、決めたの

である。

4

西本は、所沢に来ていた。所沢駅の近くに、田代美由紀が住んでいたマンションがある。

十五階の田代美由紀の部屋を調べる気はない。自分を含めた四人の刑事によって、すでに調べ尽くされているのだ。

西本がこだわったのは、田代美由紀の自家用車、軽自動車についていた傷である。それは、半月前の日曜日、走行中に後ろからぶつけられたのだという。ぶつけたのは、トラックらしいがその犯人は、まだ見つかっていない。

田代美由紀は二十五歳である。若くて美人で、頭がいいといわれている。決まった恋人はいないが、誰からも好かれている。

今のところ、小川裕介以外に、犯人を見つけるのは難しそうだが、そんななかで、唯一、小川以外に犯人となり得る人物がいるとすればそのトラック運転手しか見つからないのだ。

ただ、追突されただけで、田代美由紀も、この事故では何の、怪我《けが》もしていないのだ。

それでも西本には、ほかに食いつけるような材料がないのである。

マンションの管理人に話を聞き、同じ十五階の住人に、聞き込みをした。

この事故について、西本が期待するような話は聞けなかったが、田代美由紀は、いつも駅近くのガソリンスタンドで給油をしていると聞いて、西本は、そのガソリンスタンドにも行ってみることにした。

二十代の若い従業員は、西本に対して、

「田代さんは、仕事が忙しくて、ドライブにも、なかなか行けないわと、こぼしていたんですけどね。三月に入ってからは、土、日には時々、好きなドライブにも、行っていたみたいですよ」

と、いった。

「それじゃあ、彼女の仕事が、少しは暇《ひま》になったのかな？」

「いや、そうとは思えませんね」

「どうして?」

「私も、仕事が一段落したのかなと思って、仕事が片付いてよかったですねといったら、そうじゃないの。相変わらず忙しいのといっていましたからね」

「三月の終わり頃、ここで、給油してから、土、日に、どこかへ出かけていったんじゃないかと、思うんですね?」

「三月二十四日の土曜日ですよ。朝早く見えて、満タンにしてくれといって、どこかにドライブに出かけていきましたよ。翌日の二十五日の日曜日に、帰宅の途中に車をぶつけられたんですよ」

「ここで満タンにして出かけていったのは、三月二十四日だけですか?」

「いや、その前の週も、土曜日の朝早くにここに来て、満タンにしてどこかに出かけていきましたね」

「三月二十四日に来て、それから前の週もですか?」

「そうです。前の週の土曜日の朝早く、満タンにして、どこかに、出かけていったのを覚えているんですよ。ひょっとすると、恋人と出かけたのかなと思いましたけどね」

西本は、手帳を取り出して、そこに書いてある曜日を目で追いながら、

「正確なことを知りたいんだ。二十五日の前の週というと、三月十八日が日曜日で、十七日の土曜日の朝早くここに来て、満タンに、給油してからどこかに出かけていった。そういうことですね？」

「ええ、そうなりますね」

「彼女が恋人と一緒にドライブに行ったんじゃないかといったけど、それらしいことを、彼女は、いっていたんですか？」

「いや、これは、僕の勝手な想像で、違うみたいですね」

「どうして、違うと、分かったんですか？」

「三月二十四日の土曜日の朝給油に来たでしょう？　その時に、先週はお楽しみだったんですかと聞いたら、違うわ、仕事よ、仕事って、いわれましたから」

「田代さんは、仕事って、いったんですね？」

「ええ、そういいました。でも、土曜日、日曜日と続けて二週も、車を使って仕事をしますかね？　第一、仕事なら、誰かが一緒なんじゃないですか？　それなのに、二週とも一人で、自分の可愛《かわい》らしい軽自動車でドライブに行ったんですか

ら、仕事とは思えませんよ」

と、従業員が、いう。

「何とかその時の、行き先が分かりませんかね？　二週続けて、どこに行ったのか？」

「どこに行ったのかは、知りませんが、東京の周辺ではないですね。かなり遠くに行ったんだと、思いますよ」

「どうしてですか？」

「給油のときにちらっとメーターを覗《のぞ》いたんですよ。そうしたら、二日間で、千キロ近くもメーターが、回っていましたからね。間違いなく遠出したんですよ。それに、助手席に、日本全国のドライブマップが置いてあったんです。近くにドライブに行くんだったら、そこだけのドライブマップがあればいいじゃないですか？　あの時は、今もいったように、全国版ドライブマップが置いてあったし、次の土曜日の朝に来た時も、同じように日本全国のドライブマップが一冊だけじゃなくて、違う種類のが三冊ぐらい置いてありましたからね」

若い従業員は、自信一杯に、いった。

「土、日の二日間で、千キロですか？」

「間違いなく、メーターは、そうなっていました」

東京から大阪まで、確か、五百キロ強くらいだから、千キロというと、東京から大阪を往復したのだろうか？　いや、別に、関西に行ったと決まったわけではない。北に行ったとすれば、仙台あたりまで往復したのか？

「いつもは、仕事が忙しくて、ドライブになかなか行けないと、そういっていたんですね？」

西本は、確認するように、聞いた。

「そうですよ。せっかく車を買ったのに、休みの日にドライブに行けないといって、嘆いていらっしゃいましたからね。三月の中旬になって、突然、土、日、土、日と合計四日間も、どこかにドライブに行ったので、ビックリしたんです」

西本は、ガソリンスタンドの従業員に礼をいって、もう一度、田代美由紀が住んでいたマンションに引き返した。

部屋を見るのではなくて、管理人に、彼女の軽自動車のキーを借り、停《と》めてある駐車場に案内してもらった。前に、同僚の日下刑事たちと四人で、ここに来たことがあるので、管理人に怪しまれることもなく、もう一度、駐車場に置かれている田代美由紀の軽自動車を観察できた。

前に来た時には、彼女が土、日にドライブに行っていたことは、問題にならなかった。というのも、彼女は、車のなかで死んでいたのではなくて、西武鉄道の高田馬場駅で殺されていたからである。

ガソリンスタンドの従業員がいっていたように、車のなかを覗くと、助手席に日本全国のドライブマップが三冊、無造作に置かれてあった。前に来た時、そのことを、気にしなかったのは、彼女がドライブ中に殺されたわけではなかったからである。

「ちょっと、調べたいことがあるので」

西本が、いうと、管理人は、気を利《き》かせて、

「じゃあ、終わりましたら、声をかけてください」

と、いって、駐車場から、管理人室に戻っていった。

西本は、車の運転席に腰を下ろしてから、三冊のドライブマップのページをめくっていった。

ガソリンスタンドの従業員の話によれば、田代美由紀は、三月十七日と十八日の土曜日と日曜日の二日間、そして、次の週の二十四日、二十五日の土曜日と日曜日の二日間、合計四日間、どこかにドライブに出かけているという。

彼女は、いったい、どこに、行っていたのだろうか？

西本は、それが知りたかった。

一冊目のドライブマップを見ていくと、地図の上に、おそらく、田代美由紀自身が引いたのだろうと思われる赤い線が入っているのに気がついた。

西本は、その赤い線を、目で追った。

東京から東名高速を通って、名古屋まで赤い線が引いてある。そのあと、名古屋からは、東海北陸自動車道を通って、北陸まで行き、その後、富山湾に面した海沿いの道路を、赤い線は、和倉温泉《わくらおんせん》まで延びていって、そこに、丸いマークがつけてあった。

二冊目のドライブマップを見ると、今度は、赤い線が、東京から、関越自動車道を使って、北に向かっている。

赤い線は、関越自動車道を長岡まで延び長岡から北陸自動車道に、入っていく。

行き先は、こちらも和倉温泉になっている。

そして、やはり和倉温泉の名前のところに、赤い丸が、つけてあった。

三冊目のドライブマップには、どこにも、印がついていなかった。

とすると、赤い線の入っていた二冊のドライブマップを使って、田代美由紀は、三月十七、十八日、同じく三月二十四日、二十五日、この四日間の間に別のルートを使って、とにかく、和倉温泉に向かったということだけは、分かってきた。

三冊目があるということは、もう一度、土、日を使って、また、別のルートで、和倉温泉まで、行くつもりだったのか。

しかし、その後、西本は、考え込んでしまった。

東名高速を使い、北陸に出て和倉温泉に向かったとしても、また、関越自動車道を使って、逆の方向から、和倉温泉に行ったとしても、かなりの距離である。

その後、田代美由紀は、車で東京に戻ってきている。

和倉温泉に、行くだけのことなら、車を運転して行かなくても、新幹線や北陸本線を使えば、楽に、行けたはずである。

なぜ、そうしなかったのか？　なぜ、こんな長距離を一人で、ドライブしたのだろうか？

西本には、それが、分からなかった。

それとも、和倉温泉に行けば、何か、期待できるのだろうか？

西本は、数分間、車のなかで考えてから、十津川警部には黙って、和倉温泉に行ってみることにした。

彼女は、二日かけて、和倉温泉に行っている。ならば、和倉に泊まったはずである。もし、泊まったホテル、旅館が見つかったら、向こうで、何をしたのか、聞ける可能性があると思ったのである。

十津川警部にも、同僚の日下刑事にも黙って、西本は、休暇を取り、その日のうちに、東京から新幹線で、京都に向かった。

大阪始発一六時一二分、京都発一六時四〇分の「サンダーバード29号」に乗った。終点の和倉温泉着は、二〇時〇八分である。

列車が走り出すと、西本は、目を閉じた。興奮しているのに、体が疲れていて、自然と眠ってしまう。

（俺は今、いったい、何をしているんだろう？）

西本は、つい、考えてしまう。

今も西本は、友人の小川裕介が、田代美由紀を殺したとは思っていなかった。

小川は、確かに、気性の激しい男である。

だからといって、好きになった女を殺すような、そんな男ではない。もし、本当に田代美由紀という女が好きになって、どうしようもなくなったら、彼女を殺す代わりに、自殺するか、海外へ飛び出して行くだろう。

小川裕介というのは、そういう男だと、西本は、信じている。だからこそ、西本は、卒業後も付き合ってきたのである。

（しかし、それにしても、なぜ？）

と、思ってしまう。

なぜ、ストーカーまがいのことをしていたのか？　黙って、田代美由紀を盗み撮りしたり、同じ出勤時間に同じ列車に乗り続けたのだろうか？

それがまったく分からない。

それを考えているうちに、再び西本は、眠り込んでしまった。

車内販売の声で目を覚ました。

西本は、コーヒーを注文した。すでに、窓の外は暗くなっている。

コーヒーを飲みながら、窓の外の暗い景色に目をやった。まもなく金沢である。

辺りが暗いので、はっきりしないが、この線路の近くを、北陸自動車道が走っているはずである。田代美由紀は、その北陸自動車道を通って、この先の和倉温泉に、行ったのではないのか?

あの赤い線を見れば、車を飛ばして北陸自動車道を和倉温泉に向かったことは、容易に想像がつく。

しかし、なぜ、和倉温泉に、行ったのかが分からない。

田代美由紀が、車で和倉温泉に向かって走っていた時、小川は、どうして、いたのだろうか? レンタカーでも借りて、彼女の車を追いかけたのだろうか?

列車がスピードを緩め、定刻の二〇時〇八分、西本の乗った「サンダーバード29号」は、終点の和倉温泉に着いた。

駅のインフォメーション・センターで、旅館を頼んだ。

案内されたのは、海辺に近いホテル形式の旅館である。

和服姿の仲居が、西本を十二階の部屋に案内してくれた。その後、お茶を淹れ

てくれるのを、眺めながら、

「この辺で、三月中旬以降に、何か事件が起きなかったですか？　三月十七日、十八日の土、日、それから、三月二十四日、二十五日の土、日なんですがね」

と、西本が、聞いた。

仲居は、笑って、

「お客さん、ひょっとして、刑事さんですか？」

「いや、実は、新聞記者なんだ。それで、今のことなんだけど」

と、西本が小さくウソをついた。

「三月には、何も起きませんでしたけど、去年の九月十六日に、金沢の近くで列車事故が起きましたよ」

と、仲居が、いった。
（アッ）
と、西本は、思った。

その事故のことは、新聞で読んでいるのだ。確か、列車が脱線転覆《てんぷく》して、何人もの乗客が、死んでいる。

「そういわれれば、台風が来ていて、そのなかを走っていた列車が脱線転覆したんだったよね？　仲居さんが地元の人なら、ビックリしたんじゃないの？」

「ええ、そりゃ、ビックリしましたよ。私は、あの列車事故があった近くの生まれなんですから」

「事故が起きたのは、ちょうど今頃の時間じゃなかったかな？」

西本は、思い出しながら、いった。

若い仲居は、膝《ひざ》を乗り出してきて、

「九月十六日の大阪発、和倉温泉行きの『サンダーバード』なんですよ。小松と金沢の間で脱線転覆して、十七人ものお客さんと、運転士さんが、死んだんですよ。あの時は大騒ぎでした」

「僕も今、思い出しているんだ。原因は台風だ。確か、そんなことだったと思うんだけど」

「ええ、ちょうど、台風十五号が来ていたんですよ。事故の時、風速が三十メートルを超えていて、そのせいで、脱線したんじゃないかと、いわれているんです。台風が来ている、そんな時に、列車を走らせるなんて無茶だという声もありましたからね」

と、仲居が、いう。

西本は、ポケットから田代美由紀の写真を取り出すと、

「話は違うんだけど、今年の三月の十七日、あるいは、二十四日に、この人が、このホテルに泊まらなかったかな？」

と、聞いた。

仲居は、写真を手に取って、

「きれいな人ですねえ」

と、いいながら、熱心に見ていたが、

「三月のお客さんのなかには、この方は、いらっしゃいませんでしたよ」

「さっきもいったように、僕は新聞記者でね。実は今、この女性のことを調べているんだ。彼女は、三月の、今いった二日に、和倉温泉に泊まったはずなんだけど、どこのホテルに泊まったのか、それを調べてもらえないかな？　もし、それが記事になったら、社のほうからお礼を出すよ」

と、西本は、ウソをついた。

「わかったら本当に、お礼がいただけるんですか?」

若い仲居は、目を輝かせた。

「もちろん、記事になればだけどね」

「調べてみますよ」

と、仲居が、いった。

翌朝、西本が一階の食堂で、バイキング形式の朝食を取り、部屋に戻ると、昨日の若い仲居が待っていて、

「見つけましたよ」

と、笑顔を向けた。

「彼女の泊まっていたホテルが分かったの?」

「ええ、この並びで、海風荘という名前のホテルです。そこの、フロントで聞いたら、この写真の人が、三月の十七日と、二十四日の二週続けて泊まったそうですよ」

と、仲居が、いった。

西本は、礼をいい、

「これは取りあえず、僕からのお礼」

と、いって、仲居に、一万円を渡した。

チェックアウトすると、海に向かって並んで建っている海風荘という、こちらも、ホテル形式の旅館に入っていった。フロントで、チェックインの手続きを取った後、西本は、田代美由紀の写真を見せて、

「この女性が、三月十七日に、ここに泊まったと思うんだけど」

「ええ、お泊まりになりましたよ。三月十七日と二十四日の二週続けてです」

フロント係は、いい、

「これですよ」

と、その時、彼女が書いたという宿泊カードを、見せてくれた。そこに、田代美由紀という名前があった。

三月十七日、土曜日、三月二十四日、土曜日、この二日である。

「この女性だけど、ここに泊まって何をしていたのか、覚えていますか？」

西本が、聞くと、

「それは、分かりませんけど、三月十七日の夜も、二十四日の夜も、コンパニオ

ンさんを呼びましたよ」

「女性なのに、コンパニオンを呼んだのですか？」

「そうです」

「その時、彼女が呼んだコンパニオンの名前は、分かりますか？」

「たしか、サクラバンケットという大手のコンパニオン会社なんですけど、そこのさえこさんだったと思います」

フロント係が、いった。

「今日、そのさえこさんを呼んでくれませんか？」

と、西本が、頼んだ。

その日の夜、夕食の時、問題のコンパニオン、サクラバンケットのさえこが、やって来た。
三十五、六歳の小柄な女性である。
胸につけたバッジに「さえこ」と書かれている。

西本は、普段、あまり酒は飲まないのだが、少しばかり無理をしてビールと日本酒を注文して、飲みながら話を聞くことにした。

少し酔ったところで、西本は、田代美由紀の顔写真を見せた。

「三月の十七日と二十四日、この女性が、さえこさんを呼んだと聞いたんですが、本当ですか？」

「ええ、本当ですよ」

「女性客が、コンパニオンのあなたを、呼んだので、ビックリされたんじゃありませんか？」

「いえ、最近は、女性でも、私たちを呼ぶことがあるんで、驚きなんかしませんでしたよ」

と、さえこが、いう。

「彼女といったい、どんな話をしたんですか？」

「よく聞かれるような話ですよ。コンパニオンって、どんなことをするのかとか、面白いお客さんがいるかとか、どのくらいのお金が貰えるのかとか、そういう、他愛のないお話ですよ」

「それで、どんなふうに答えたのですか？」

「そうね」

と、さえこは、笑って、

「若い女性が面白がるように答えましたけどね。本当のこととウソを上手に混ぜてね」

「彼女に、ほかに、何か聞かれませんでしたか？」

「いいえ、別に。きっと、若い女性だから、コンパニオンという仕事に興味を持っていたんじゃないかしら？　私の話を聞いて、結構面白がっていましたけど」

と、さえこが、いう。

西本には、目の前のコンパニオンの話が、信じられなかった。田代美由紀が、わざわざ、そんなことを、聞くために、東京から車でここまでやって来て、二週にわたって、この、同じコンパニオンをわざわざ呼んだとは、とても思えなかったからである。

「去年の九月の十六日ですが、金沢の近くで、北陸本線の特急『サンダーバード』が脱線転覆して、二十人近い死者を、出したことがあるでしょう？　その事故のことを、彼女は、あなたに、聞いたりはしませんでしたか？」

と、西本が、聞くと、

「いいえ」

と、さえこは、あっさりと否定した。

「本当に、聞かれなかったの？」

「あの事故のことは、日本中の新聞やテレビで、報道されたんでしょう？　私なんかに聞かなくても、日本中の人が、知っているんじゃないかしら？」

「さえこさんは、ここで働いているのなら、地元で、起きた事故だから、関心があるんじゃないの？」

「誰か、知り合いが、事故に遭ったというのなら別ですけど、私の知り合いは、事故に遭ってもいないし、それにもう、去年の話ですよ。確かに直後には、お客さんが、あの事故について、いろいろとお聞きになりましたけど、今はもう、事故のことを話題にするお客さんなんて、一人もいませんよ」

と、さえこが、いった。

「さえこさんは、地元の人？」

「残念だけど、生まれは、山形なんですよ」

「山形から、この和倉温泉まで来て働いているの？」

「ウチの女の子の半分くらいは地元の人じゃないんですよ。地元の人間のほうが、こういう仕事は、かえって、やりにくいでしょうからね」

と、さえこが、笑った。

「写真の女性だけど、三月十七日と二十四日の二日間、あなたを呼んだんですよね？」

「ええ」

「どうしてかな？」

「きっと、私の話が、面白かったからじゃないかしら？」

「二日間も、コンパニオンの仕事のことを聞いていたのですか？　コンパニオンって、どんなことをやるのかとか、いくら儲《もう》かるかとか？」

「ええ、彼女には、コンパニオンという仕事が、よほど、面白い仕事のように思えたんじゃないかしら？　確かに、面白いといえば面白いけど、大変な仕事ですよ。酔っ払いのお客さんのご機嫌も取らなきゃいけないしね」

と、いって、さえこが、また笑った。

「彼女の名前を覚えていますか？」

「いいえ、名前は覚えていないけど、東京のお客さんだというのは、覚えていますよ」

「名前は、田代美由紀。年齢は、二十五歳です」

「そうなんですか。そういえば、名刺を貰ったから、事務所に、帰ればあるかもしれませんね。もし、お客さんが、彼女に、会うことがあれば、私が、よろしくといっていたと、伝えてくださいね」

「伝えたいと、思いますが、残念ながらできないのですよ」

「どうしてですか？」

「彼女、死にましたから」

と、西本が、いった。

それを、聞いて、さぞビックリするだろうと思ったのだが、さえこは、別に顔色を変えることもなく、

「亡くなったんですか？　そうなんですか、もう一度、お会いしたかったのに、残念だわ」

と、いっただけだった。

「もう一度、念のために、お聞きしますが、去年の九月十六日の、北陸本線の脱線事故について、彼女は、あなたに何も聞かなかったんですね？」

「お客さん、刑事さん？」

さえこが、聞く。

西本は、苦笑した。前に泊まったホテルの仲居にも、同じことを、聞かれたからである。どうやら、西本が、刑事らしい顔をしているのか、それとも、話し方が、刑事らしいのか？

「いや、刑事じゃありませんよ。新聞記者です」

西本は、前と同じウソをついた。

「新聞記者さん？　でも、東京の方なんでしょう？」

「ええ、そうです」

「それなら、どうして、北陸で起きた列車事故なんか調べてるんです？　それに、去年起きた事故でしょう？」

「そうですが、やはり、事故の真相を、知りたいものでね」

「事故の真相なんて、もう、分かっているんじゃありません？　猛烈な台風の最中に走っていたから、突風にあおられて、脱線転覆した。そんな風に聞いているけど、違うんですか？」

「それは分かりません」

と、西本は、いってから、

「しつこいようですが、彼女は、あなたに、二回会って、その時に、去年の脱線事故について、何も聞かなかったんですか？」

「ええ、何も、聞きませんでしたよ。若い女性には、あんな、脱線事故よりも、私のような、コンパニオンの話のほうが、面白いんじゃないかしら？」

そういって、またさえこが、笑った。

5

聞きたいことが、聞けないうちに、さえこというコンパニオンは、さっさと帰ってしまった。西本は、それが、悔《くや》しかった。あのコンパニオンに、いいようにあしらわれた気がしたからである。

そこで、もう一日、このホテルに、泊まることにした。

翌朝、茶菓子を持ってきた仲居が、笑いながら、

「さえこさん、どうでした？」

「彼女はどういう人なの？」

「サクラバンケットでは、お姉さん格の人で、話が、面白いので、人気があるんですよ。お客さんも、昨日の夜は、楽しかったんじゃありません？」

「でも、昨日は、あまり面白くなかったな。第一、地元の人間じゃなくて、山形の生まれじゃないの、あのさえこさんは？」

と、西本が、いうと、仲居は、

「ウソをつかれたんですよ、お客さん」

と、いって、笑った。

「じゃあ、地元の人なの？」

「そうですよ。小松の飛行場の近くで生まれた人ですよ」

「じゃあ、去年の列車事故のあった、現場の近くの人なんだ」

「ええ、そうですよ。あの事故、小松と金沢の間で、起きてますから」

「あの事故のことは、まったく、知らないといっていたけどね」

「じゃあ、事故のことはあまり、話したくないんじゃありません?」

と、仲居が、いう。

「ひょっとすると、彼女の家族とか身内とかが、事故に、関係しているのだろうか?」

「そうかもしれませんね。詳しく聞いたことは、ありませんけど」

「じゃあ、もう一度、今夜、さえこさんに来てもらおう。電話してくれないか」

西本が、いうと、仲居が、笑顔になって、

「何だ、お客さん。やっぱり、さえこさんが、気に入ったんじゃありませんか?」

「さえこさんがいるサクラバンケットというのは、この和倉温泉では、大きなところなの?」

と、西本が、聞いた。

「ええ、コンパニオンさんをたくさん抱えた、いちばん大きな会社ですよ」

「何人くらい、コンパニオンがいるのかな?」

「詳しく聞いたことはありませんけど、三十人くらいはいるらしいですよ」

「その三十人のなかで、あのさえこさんが、お姉さん格ということ？」

「ええ、そうです。本当は、あの会社の社長さんの彼女なんですけどね」

仲居が、小声で、教えてくれた。

「そうなの。社長の奥さん？」

「正確にいうと、奥さんというか、ママさんというか、お姉さんというか」

と、いって、仲居は、小さく笑った。

「サクラバンケットの社長さんというのは、どういう人なのかな？　その社長さんも、この土地の人なの？」

「その辺のことは、私、よく知らないんですよ」

「とにかく、今晩、さえこさんをもう一度、呼びたいんだ。改めて話を聞きたいのでね」

と、西本は、念を押した。

6

六時を過ぎて、西本が部屋を出て、一階の大浴場に、行こうとすると、朝の仲居がやって来て、

「すいません。さえこさんに電話をしたんですけど、今日はほかのお客さんの予約が、入っていて、どうしてもこちらには来られないんですって」

「来られないの、本当に？」

「ええ、何度も、この和倉温泉に、来たことのあるお客さんで、前々から、予約が入っていたんですって。だから、申し訳ないけど、お断りしてほしいと、いわれました」

「じゃあ、明日はどうだろう？　さえこさんに会えるのなら、もう一日、ここに泊まってもいいんだが」

こうなると、西本も、少しばかり意地になっていた。

「分かりました。それじゃあ、一応、電話して聞いてみますよ」

と、仲居が、いった。

しかし、西本が部屋に戻ってくると、仲居が、待っていて、

「サクラバンケットに、電話をしたんですけど、さえこさんは、明日も、申し訳ないけど、ほかに用事があって行けませんといわれてしまいました。人気があって、お客さんからよく呼ばれるんですよ、さえこ姉さんは」

しかし、西本には予約が入っているから、断ってきたとは、思えなかった。何か、西本には、会いたくないことがあって、それで断っているのだろうと、解釈した。

「いつならば、来てくれるのか、それを聞いてもらえないかな？　何日なら来られると分かれば、その日まで、ここに泊まっているよ」

西本が、いうと、仲居は、びっくりして、その場から連絡を取ってくれた。よほど、西本が、さえこが気に入ったと思ったのだろう。

しかし、電話の後で、申し訳ないという顔になって、

「さえこ姉さん、明後日から旅行に行くそうなんですよ。前から、決まっていた旅行なんで、中止するわけにはいかない。ですから、しばらくしてから、また和

倉温泉に遊びに来て、その時に、呼んでくださいと、おっしゃってましたよ」

と、いわれてしまった。

「サクラバンケットの事務所だけど、どの辺にあるの？　電話番号は、分からないかな？」

「住所も、電話番号も分かりますけど、どうするんです？　あまりしつこくすると嫌われますよ」

少しばかり、仲居も、きつい目になって、いった。

とにかく、仲居からサクラバンケットの場所と電話番号を聞き出した。

翌朝、チェックアウトの手続きを取り、外に出ると、仲居が教えてくれたサクラバンケットの事務所を、訪ねていった。

事務所は、駅の近くの、盛り場のなかにあった。普通のしもた屋である。サクラバンケットの看板がかかっている。

しかし、その事務所の前に、行ってみると、「臨時休業」の札がかかっていた。

「申し訳ありませんが、事情により、しばらく休ませていただきます」

と、書いてある。

（逃げたんだ）

と、西本は、思った。

しかし、どこに逃げたのかは、分からない。

西本は、そこで、近くにある、派出所の巡査に会うことにした。

五十歳代の小柄な巡査長が、一人で、退屈そうにしている。

西本が、警視庁捜査一課の名前を告げると、小柄な巡査長は、ビックリした顔になって、

「警視庁の方が、わざわざ和倉に、何のご用で？」

「この近くに、サクラバンケットというコンパニオンの派遣会社が、あるでしょう。その会社について、少し、話を聞きたいのですよ」

と、西本が、いった。

「この和倉温泉の店のなかで、風俗営業法に、触れるようなことをしている店は、一軒もないと、思いますが」

と、巡査長は、いった。少し顔色が変わっていた。

西本は、笑って、

「いや、そういうことを聞きに来たんじゃありません。そのサクラバンケットの社長さんと、そこにさえこというコンパニオンのお姉さんがいるでしょう？　この二人が、どういう人なのか、それを知りたくてね。教えてくれませんか？」

「えーと、サクラバンケットの社長は、確か、奥田《おくだ》さんという人で、年齢は、そうですね、六十代でしょうかね。昔、警官をやっていたという話を、聞いたことがあります」

と、巡査長が、いった。

「なるほど。さえこというコンパニオンは？」

「本名は、今、ちょっと、分かりません。三十五歳で、奥田社長の彼女ではないかというウワサがあります。でも、これは、本当かどうかは分かりません」

と、巡査長が、いう。

「もう少し、詳しく分かりませんか？」

「それは、調べてみないと、何ともいえませんが」

と、巡査長が、いった。

「それでは、社長の奥田という人と、さえこというコンパニオンについて調べて、何か、分かったことがあったら、私に、電話か、手紙で、知らせてください」

西本は、自分の携帯の番号と、自宅マンションの住所を教えて派出所を出た。

第3章　ダイイング・メッセージ

1

捜査本部は、小川裕介犯人説で、固まっていた。

動機もはっきりしている。小川裕介が、密《ひそ》かに、被害者、田代美由紀を追いかけ、ストーカーが、変じて殺人者になった。これが、動機である。

問題は、犯人の小川裕介が、田代美由紀をナイフで、刺したかどうかということである。使用された凶器は、刃渡り十八センチのナイフであることが、分かっているが、これは一般に、市販されているもので、手に入れようと思えば、誰でも容易《たやす》く購入できるものである。

この点、凶器についての、問題はない。問題が、あるとすれば、凶器の柄《え》に、指紋がついていないことである。

小川裕介は、薄手の手袋を、ポケットに入れていたから、手袋をはめた手で、田代美由紀を、刺し、急いで、手袋を、ポケットにしまったに違いない。それで、一応辻褄《つじつま》は合う。

田代美由紀は、刺されたため、悲鳴を上げてホームに、倒れた。その直後に、小川裕介は、駅員によって、取り押さえられている。

問題は、そのわずかな時間に手袋を、ポケットにしまうことができたかどうかである。

十津川が欲しかったのは、犯人が、田代美由紀を、背後から刺す、その瞬間をとらえた映像だった。

四月十日の朝、問題の電車、午前七時三九分所沢発の準急の、いつもの五両目に、被害者、田代美由紀が乗っている。高田馬場駅に着いたのは、定刻の八時二一分である。

五両目のいちばん後ろのドアが開き、乗客が、ドッと、降りてくる。監視カメラが、その光景を、映していた。

十津川たちは、このビデオテープを借りてきて、再生を停止させつつ、大きく拡大し、調べていった。

そこに、田代美由紀を背後から刺す犯人、小川裕介が、映っていれば、問題ないのだが、そうした映像は、いくら探しても、見つからなかった。監視カメラは、最初から、田代美由紀と小川裕介を、狙っていたわけではないから当然かも知れない。

電車が停《と》まり、五両目のいちばん後ろのドアが開き、乗客が、ドッと、降りてくる。その固まりが、突然乱れる。田代美由紀が、倒れたからだ。

次の瞬間、倒れた彼女の周りに、空間が生まれる。そこに、しゃがみ込んでいる小川裕介が映っている。何人かの乗客が、彼を、押さえつける。

駅員が駆けつけてくる。

だが、小川裕介が、凶器のナイフをつかんでいるシーンは、見当たらなかった。

「この連続するビデオに映っている乗客を、探し出して、証言を取るんだ」

十津川は、刑事たちに、指示した。

ビデオテープに映っているのは、田代美由紀と小川裕介をのぞいて男四人と女二人である。男四人のなかには、駅員が一人、入っている。駅員の証言はすでに、取ってある。

残りの男三人、女二人の映像を見ると、服装などから、サラリーマンと、ＯＬのように見える。だとすれば、毎日同じ時間帯の電車を利用し高田馬場で、降りているに違いない。

そう考えて、十津川は、この五人を、二通りの方法で、探すことにした。

一つは、刑事たちに、五人の顔写真を持たせ、高田馬場駅で、午前八時二一分と、その前後に到着する電車の乗客中から、顔写真の男女を見つけることである。

また、高田馬場で降りるということは、この駅周辺の会社に、勤めているに違いない。そう考えて、刑事たちに聞き込みに当たらせた。

十津川の想像が当たっていて、三日もすると、五人の名前が、判明した。

男三人の名前は、後藤健一郎、六十歳。山内昭《あきら》、三十二歳。小谷伸吾《こたにしんご》、二十八歳。いずれもサラリーマンである。

女性二人の片方は、北川亜矢《あや》、二十五歳。もう一人は、佐伯涼子《さえきりょうこ》、二十二歳。

どちらもＯＬだった。

十津川は、この五人に駅員の渡辺信也《しんや》、三十五歳を入れた六人に、捜査本部に来てもらった。

十津川は、六人に、集まってくれた礼を述べた後、四月十日の事件が映っている、監視カメラの映像を、見せることにした。

「このビデオテープのなかに、皆さんが映っています。この時に、何を見たか、どう思ったか、それを、正直にしゃべっていただきたいのですよ。まず、山内昭さん。あなたは、犯人と思われる容疑者の男を、押さえつけていますね？　この時、怖くはなかったですか？」

十津川が、聞いた。

「正直いって、少し、怖かったですが何とか押さえつけました。大学時代、柔道をやっていたので、少しは、腕に自信がありますから」

と、いって、山内が、微笑した。

「あなたは、なぜ、この男が、犯人だと思ったのですか？」

「女性が倒れた時、そのそばに、この男が、しゃがみ込んで、いたからですよ。

だから、コイツが犯人に違いないと思って、すぐに、捕まえました」

「その時、この男は、あなたに、何かいいましたか？」

「いいえ、何もいいませんでした。だから、なおさら、怪しいと思ったのです」

「次に駅員のあなたが、駆けつけてきたんですね？」

十津川は、駅員の渡辺に、目をやった。

「ホームで、乗客の皆さんが、何か、騒いでいたので、事故でもあったのかと、思って、飛んでいったんです。そうしたら、この人が男を押さえつけていて、そのそばで、女の人が、倒れていたんです」

と、渡辺が、いった。

「その後、駅員のあなたと、山内さんが、この男を、駅長室に、連れていったんですね？」

「そうです。犯人に間違いないと思って、連れて、いきました」

駅員の渡辺が、いった。

「あなたに対して、この男は、何かいいましたか？」

「いや、ずっと、押し黙ったままで、何もいいませんでしたね。連れていく途中で、あんたが、殺したのかと、聞いたんですが、それでも黙っていました」

次に、十津川は、いちばん年長の、後藤健一郎に、目を向けた。

「後藤さんは、いつも、この電車に乗って、通勤して、いらっしゃるんですか？」

「実は、今年一杯で定年でしてね。今の会社に、勤めてから、毎日、西武新宿線で高田馬場の会社まで、通勤していました。乗っていた時間は、いつも、同じでしたね。所沢から、いつも大体、あの電車に、乗っていました。ええ、五両目でした。ですから、亡くなった、あの女性の方とも、よく一緒に、なりまして、顔は、知っていましたよ。その人が、突然、殺されたので、ショックを、受けました」

「ビデオを見ると、あなたは、この直後に、携帯を、どこかにかけていますね？」

と、十津川が、聞いた。

「突然、あの女性が、倒れてしまい、どうしたらいいのか、分からなかったんですが、とにかく救急車を、呼ぼうと思って、一一九番にかけたんです」

と、後藤が、いった。

十津川は、次に、北川亜矢に、声をかけた。

「一連のビデオを見ると、北川さんは、亡くなった田代美由紀さんの前を、歩いていて、一緒に、倒れていますね？」

「ビックリしましたよ。電車が、高田馬場に着いて、ほかの乗客と一緒に、ホームに降りたら突然、後ろからぶつかってこられたのです。それで、このビデオにあるように、倒れてしまったんです」

と、北川亜矢が、いう。

「ビデオを見ると、亡くなった田代美由紀さんが、後ろから、覆いかぶさったような格好になっていますね？」

「ええ、そうなんです。とっさに、『何をするの』と叫んだんです。悲鳴を上げてしまったのは、私も、膝《ひざ》を打って、起き上がれなくて」

と、いった後で、小谷伸吾、二十八歳に、向かって、

「確か、あの時、あなたに、引っ張ってもらって、起き上がったんですよね？」

「ええ、僕が、引っ張ったんです。殺された女性の下敷きになって苦しそうにしていましたから」

と、小谷が、いった。

「北川亜矢さん。あなたが、田代美由紀さんと一緒に、倒れてしまって、助け起こされるまで、映像を見ると、四十秒か五十秒も、そのままになっていますね」

「もっと時間が、経《た》っていたと、思っていましたけど」

「その間に、倒れた田代美由紀さんは、何かいいませんでしたか？」

十津川が、聞いた。

「何かって？」

「田代美由紀さんが、何もいわなかったのならば、それで、いいのです。何か叫んだり、つぶやいたかして、それをあなたが聞いていたら話していただきたいと、思ったんです」

と、十津川が、いった。

北川亜矢は、困ったような表情で、しばらく、考え込んでいたが、

「変な言葉かもしれませんが、それでも、いいですか？」

「ええ、構いませんよ」

「亡くなった彼女が『トラ』といったような気がするんです」

「トラって、あの動物のトラですか？」

「たぶん、そうだと、思います。私には、そう、聞こえたんですけど、もしかすると、違うかも、しれません」

急に、北川亜矢は、自信のなさそうな顔に、なった。

最後は、佐伯涼子である。

大柄な、女性だった。

「佐伯さんは、このビデオで見ると、田代美由紀さんの、すぐ横で、寄り添うような形になっていますね？」

と、十津川が、いった。

大柄な佐伯涼子が、カメラに、近いほうにいるので、田代美由紀の、刺された瞬間が映っていないということも、確認できた。佐伯涼子の大柄な体が、カメラの眼を、遮《さえぎ》ってしまっているからである。

小川裕介が犯人で、田代美由紀を刺したのなら、佐伯涼子の陰に隠れた間に、刺したに違いない。

「事件が起きた瞬間のことを、覚えていますか？」

十津川が、佐伯涼子に、聞いた。

「申し訳ありませんが、全然、覚えていません。突然、私の隣りにいた、女の人が、悲鳴を上げて倒れたので、ビックリしてしまって。こんなことが、起きるなんて、予想もしていませんでしたから」

と、佐伯涼子が、いう。

「その時、男が、というより、犯人がですが、何か、叫んだというようなことはありませんか？」

「いいえ、何も」

と、涼子が、いった。

ほかの人たちに聞いても、男の叫び声は、まったく、聞こえなかったという。とすれば、犯人は無言で、背後から田代美由紀を刺したことになる。

五人の男女のうち、いつもまったく同じ時間の電車に乗って、いつも、先頭から五両目の車両の、それも、後ろのほうに乗るといったのは、男二人と女一人だった。

男二人と女一人の三人は、同じ車両の同じ後ろのほうに、田代美由紀が、乗っているのを知っていたと、いった。

女性の北川亜矢は、小川裕介のことも覚えていた。

「どうして、小川裕介のことを、覚えているんですか？」

と、亀井が、聞くと、

「いつも、あの人、じっと、亡くなった田代美由紀さんのほうを、見詰めていたんですよ。とても、気持ちが悪かった。だから、覚えているんです」

と、北川亜矢が、いった。

「なぜ、そんなに、彼女のほうを、見ているんだと、思いましたか？」

「理由は分かりませんけど、たぶん、こういう人のことを、ストーカーというんだなと、思っていました」

と、亜矢が、いった。

駅員一人と、乗客五人の話は、調書にして、それぞれに、サインをしてもらった。

六人が帰った後、亀井が、十津川に向かって、

「裁判になれば、この六人の証言は、かなり、重要なものになるのではありませんか？」

と、いった。

「確かにそうだが、一つだけ、気になることがある」

と、十津川が、いった。

「気になること？」

「この写真なんだ」

十津川は、ビデオから焼いた一枚の写真を、亀井の前に置いた。

「これは、田代美由紀が、刺される直前の写真だ。カメラに、佐伯涼子という大柄な女性が、とらえられていて、その向こう側にいるはずの田代美由紀の姿は、見えない。ということは、犯人も見えていないことになる」

「しかし、犯人が、小川裕介ならば、別に、おかしいことはないんじゃありませんか？　犯人の小川が、向こう側にいて佐伯涼子の体に隠れて、ナイフを振るったでしょうから」

「確かにそうだがね、小川以外の人間がもう一人いたかもしれない。その人間が、この写真には、写っていない。監視カメラのテープに映っている男女は、田代美由紀が、倒れた直後、立ち止まってしまっているが、その前は、動いているんだ。

それも、電車が停まり、ドアが開いた瞬間に、なだれ落ちるように、動いているんだ。その時に、犯人は、田代美由紀を、背後から刺した。その瞬間の映像は、見つからない。また、乗客が動いているので、正直にいうと正確な人数は、分からないんだ。乗客たちは、動いているので、刺された瞬間に、この五人以外にも、ほかの乗客が近くにいたのかもしれないが、それは、分からない。もし、真犯人が、別にいて、刺した瞬間に、さっと、逃げてしまっていれば、この写真には写っていないだろう。この五人のサラリーマンとOLの勤務先も調べてある。もし、このなかに、殺された田代美由紀と同じ、公益法人交通事故調査会という職場に勤める人間がいたならば、その人間も、疑ってかかる必要があると思っていたのだが、同じ職場に勤めている人間は、一人もいなかった」

もう一つ、十津川が、気になったのは、北川亜矢、二十五歳の、証言だった。

ビデオを見ると、彼女は、田代美由紀の前にいて、刺された美由紀が、亜矢に覆いかぶさるように、倒れていった。倒れた瞬間は、田代美由紀の、下敷きになってしまったのだ。

映像を精密に調べてみると、四十秒から五十秒の間、ずっと、そのままの状態になっている。

その時、北川亜矢は、死んだ田代美由紀が「トラ」といったような気がすると、証言しているのだ。

次の捜査会議でも、この証言が、問題になった。

刺された田代美由紀は、本当に「トラ」と、いったのか？　本当に「トラ」といったのだとすれば、このダイイング・メッセージの意味は、いったい、何なのだろうか？

捜査会議は、紛糾した。

「この証言は、必ずしも、百パーセント信用できないと思うがね」

三上《みかみ》刑事部長が、いった。

「北川亜矢という女性は、いわば、死体の下敷きになったわけだろう？　そんな状況で、死んだ女性の最期《さいご》の言葉を、正確に聞き取れるものかね？　第一、トラだけじゃあ、いったい、何のことか分からないじゃないか？」

それに対して、田代美由紀は、「トラ」といおうとしたのではなくて、「トラ」に続く言葉をいおうとしたのだが、「トラ」といったところで、絶命してしまったのではないかと、三田村刑事がいった。

彼が選んだのは「トラブル」という言葉である。

田代美由紀には、個人的な問題か、あるいは、仕事上のことで、何か、トラブルがあったのではないのか？　だから、刺された瞬間に、彼女は「トラブル」と叫んだ。いや、叫んだつもりだったのだが、「トラ」といったところで絶命したのではないかと、三田村は、説明した。

この意見には、かなりの説得力があった。十津川にも、その意見には納得できるものがあった。

小川裕介が犯人ならば、トラブルは、小川の、ストーカー的な行動にあるだろう。小川裕介は、隠れて彼女の写真を撮ったり、わざわざ、住居を所沢に変えて、毎朝、同じ電車に乗っていた。

そうした、ストーカー的な行為に、田代美由紀が気づいて、怖がっていた。それを、トラブルといったのではないのか？

殺された田代美由紀は、公益法人交通事故調査会の職員で、現在、去年の九月十六日に北陸本線で起きた列車事故についての、調査を担当していた。

十津川は亀井と交通事故調査会に行き、現在扱っている、北陸本線の列車事故について、話を聞くことにした。

二人が会ったのは、この列車事故を扱っている第三課の課長、川本充《かわもとみつる》である。

「現在、国交省の依頼で、この事故を扱う事故調査審議会を、作り、その審議会のために、事故の調査を、しています」

と、川本が、いった。

「われわれは、この事故について基礎調査をしています。一方、石川県警でも、調べていますが、こちらは、いわゆる捜査です。その二つをはっきりと、区別しておいていただきたいのですよ」

川本は、十津川たちに、向かって、最初から挑戦的な口調で、いった。

川本課長がいいたいことは、すぐに分かった。同じ列車事故を調べるのでも、警察の捜査と、審議会の調査とでは、内容が、まったく違うということを、いいたいのだろう。

「われわれは、事故の原因を調べますが、それは、事故原因そのものを知りたいからです。例えば、運転手の運転ミスが、原因だと分かっても、彼を、訴えたりはしません。警察の捜査では、運転手の運転ミスが原因だと分かれば、業務上過失致死などの容疑で彼を逮捕するわけです。そこが、われわれとは、違っていますが、申し上げておきたいのは、警察が、自分たちのほうの捜査が、優先するとして、さまざまな証拠物件を持ち去って、われわれに、返してくれないことが多いということです。今回も、それを恐れています」

「いや、私たちは、この列車事故について捜査しているわけではありません。列車事故の担当はあくまでも石川県警ですから。われわれが、調べているのは、先日の四月十日に起きた、西武新宿線の高田馬場駅における殺人事件です。お宅の職員、田代美由紀さんが、高田馬場駅で、刺されて死亡した、この事件を調べているのです」

十津川は、穏《おだ》やかに説明した。

「なるほど、分かりました」

「ホームで、刺された直後に、田代美由紀さんが『トラブル』と思われる言葉を口にしたのを聞いた人がいるんですよ。それで、仕事の面で、彼女に、何かトラブルがあったのではないか？　そう考えて、伺ったのですが、何かトラブルが、ありませんでしたか?」

十津川が、聞いた。

「まったく、ありません。彼女は、優秀な職員でした。したがって、仕事上のトラブルがあったとしても、簡単に解決しているはずです」

と、川本が、いう。

「去年の九月の、北陸本線での列車事故の件ですが、田代美由紀さんは、調査を担当されていましたね?」

「その事故については、第三課の人間十人が、事故原因の調査を、担当しています。彼女も、第三課の所属でしたから、やってもらっていましたよ。有識者の審議会が作られていて、その先生方に提供する資料を作るための、調査をしているわけです。ですから、うちの職員が、列車事故に対して、判定を下すような、そんな権限はまったくありません。その点で、トラブルが起きるはずはないのです。とにかく、調査したことは、自分の意見はつけずに今いった有識者の先生方に、提供するだけですから」

と、川本が、いった。

「今、川本さんは、田代美由紀さんのことを優秀な職員だとおっしゃいましたが、職員同士の間で、揉《も》め事のようなことは、ありませんでしたか？　例えば、調査の途中で、主張や意見が食い違って、揉めたりするようなことはありませんでしたか？」

十津川が、聞くと、川本は、笑って、

「今も申し上げたように、あくまでも調査をして、それを、レポートにして審議会の先生方に、提供するのが、われわれの、仕事なわけですから、揉めたくても揉めようが、ないのですよ。事実をきちんと調べ上げて、それをレポートにするわけですから」

川本が、繰り返した。

確かに、現在、有識者の集まりである列車事故に関する審議会が、でき上がっていて、そこに資料を提出することになっているのは、誰もが、認めることだった。

田代美由紀を含めた、第三課の職員たちが調査したレポートの、どれを、採用するかは、審議会の有識者が、判断することである。そう考えると、田代美由紀の調査が、トラブルになるとは、思えなかった。

十津川と亀井が、捜査本部に戻ると、すぐ、捜査会議が開かれた。

十津川は、会議の場で、こう説明した。

「殺された田代美由紀の最期の言葉が『トラブル』だったとしても、仕事上のトラブルではなくて、個人的な、トラブルだったたと思われます」

2

西本は、日下からの電話で、捜査会議の様子を、教えられた。

「殺された田代美由紀の最期の言葉、ダイイング・メッセージは『トラブル』だと分かったよ。背中を刺されて、高田馬場駅のホームで倒れたんだが、その時、田代美由紀と一緒に倒れて下敷きになった女性の証言なんだ。彼女は、田代美由紀が死の直前『トラ』といったと、証言しているんだ。死ぬ瞬間に、動物のトラのことなんかを、いうはずはないから、捜査会議では、これは『トラブル』だろうと考えている」

「そうか、トラブルか。確かに、殺人に、関係がありそうな言葉だな」

「それで、どういうトラブルが起きたのかを考えてみたんだ。プライベートなトラブルなのか、それとも、仕事上の、トラブルなのか、そのどちらかと考えたが、十津川警部は、彼女が勤めていた公益法人交通事故調査会に行って、上司と話し合った結果、仕事上のトラブルが原因で殺されたとは、思えない。だから、私的なトラブルだろう。と、いうことになっている」

「個人的なトラブルだとなると、やはり、小川裕介の犯行ということに、なってくるんじゃないのか?」

西本の声が、自然に、とがった。

「そうなんだ。どう考えても、君の友人、小川裕介の行動は、ストーカーそのものとしか思えない。わざわざ田代美由紀の住んでいる所沢に住居を変えている。彼女の写真を隠れて撮っている。彼女が毎朝乗る、西武新宿線の電車に乗って、それも、いつも同じ車両に乗って、高田馬場まで通勤していた。しかも、小川裕介も、高田馬場にある出版社で、働いていたのだが、そこは、すでに、クビになっていたのに、毎朝、田代美由紀と同じ電車に乗って、相変わらず通っていたんだ。どう考えても、小川裕介の行動は、ストーカーそのものだよ。そのことに、田代美由紀が気づいていていて、自分に付きまとっているストーカーが、いることを知っていたら、刺された瞬間、『トラブル』といったとしても、決して、おかしくはないはずだ」

「確かにそれは、そうなんだが」

「これでも君は、まだ、小川裕介は無罪だと思っているのか？」

「彼はね、絶対に、人殺しのできる男じゃないんだ」

西本には、それしかいえなかった。

「ところで、君は今、一人で何を調べているんだ？」

日下が、聞いた。

「殺された田代美由紀の行動を調べている」

「それで、何か分かったのか？」

「彼女は最近、土日の休みを、利用して、自分の車で、石川県の、和倉温泉に行っていることがわかった」

と、西本が、いうと、日下は、

「そのことなら、別におかしくはないよ。田代美由紀は、公益法人交通事故調査会の、職員だからね。警部が調べたところ、彼女は、列車事故を、調査する第三課の課員で、現在、去年の九月十六日に、起きた北陸本線の列車事故についての調査を、担当しているんだ。調査した結果を、レポートして、専門家で作った事故調査審議会に、提出することになっている。だからといって、彼女の調査レポートが、そのまま列車事故の判断になるわけじゃない。あくまでも参考資料なんだ。だから、彼女が、その列車事故について、調査をしていても、おかしくないし、そのことによって、彼女が、殺されたとも思えない。これも、現在の捜査本部の判断だよ」

「そうか、田代美由紀が、北陸に行っても、おかしくはないのか」

「その事故を調査して、レポートを、書かなくてはいけない。だから、勤務時間以外の休みに北陸に、行ったとしても、決しておかしくはないんだよ」

西本は日下の言葉に少なからず、気落ちした。自分の調べたことが、少しは、小川裕介の無実を、証明する足しになるのではないかと思っていたのだが、どうやら、それは、難しいらしい。

3

気落ちしている、西本の携帯に、電話が入った。和倉温泉の派出所に勤務している巡査長からの、電話だった。

「西本さんから頼まれていた、コンパニオン会社、サクラバンケットの、社長の奥田と、コンパニオンのさえこですが、二人とも、依然として、その行方が、分かりません」

「どこに行ったのか、まったく分からないのですか？」

「ええ、残念ながら、分かりませんね」

「サクラバンケットという会社は、儲かっていたんですか？」

「最近は、世の中も不景気で、泊まり客のなかに、コンパニオンを呼んで、遊ぼうという客がいなくなったので、あまり、儲かっていないんじゃないかと思いますね」

と、巡査長が、いう。

「それだけですか？」

と、西本は、少し怒ったような口調で、いった。

「一つだけ、妙なことが、あるんです。ただ、果たして、それが、西本さんが調べていらっしゃることの、参考になるかどうかが分からないのですが」

と、遠慮がちに、相手が、いう。

「とにかく、どんなことか、話してください」

「和倉温泉には、日本一といわれる、豪華な旅館があるんですよ」

「その旅館のことなら、テレビの旅番組で、見たことがありますから、知っていますよ。その旅館が、どうか、したんですか？」

「去年の、九月十八日と十九日の二泊三日で、その旅館に宿泊して、豪遊していった、三十代の男がいるんですよ。その日付けが、ちょっと気になったので、お知らせしようと、思ったのです」

と、巡査長が、いう。

確かに、西本にも、その日付けが気になった。北陸本線で「特急サンダーバード29号」の事故があったのは、去年の九月十六日である。その二日後の十八日と十九日だというのである。

「どんな男が、豪遊していったのですか？」

「三十代の男だったということしか、分かりません」

「しかし、その旅館に、泊まっていったんでしょう？」

「そうなんですが、実は、この三十代の男は、サクラバンケットの、奥田社長の、知り合いでしてね。奥田社長の名前で泊まったので、旅館も、名前は、奥田様ということになっているのです。ですから、本名は、分かりません」

「確認しますが、三十代の男ということしか、分からないのですね？」

「そうです。それに、今も申し上げたように、奥田社長の、知り合いだということしか、分かりません」

「その男のことを、何とか、もう少し詳しく調べてくれませんか？」

と、西本は、頼み、

「分かりました。何とか、もう少し、調べてみましょう」

と、巡査長が、いってくれた。

その二日後、巡査長から、再び電話が入った。

「旅館の仲居の話によると、その男は、年齢が三十五、六歳で、身長が、百七十五センチくらい。体重は、七十二、三キロだそうです。旅館でも最高の部屋に、二日間泊まって、満足して、帰ったそうです。宿泊料金は、サクラバンケットの奥田社長が、払ったといっていました」

「ほかには、何か分かったことはないんですか？」

「奥田社長はその旅館の女将《おかみ》に、自分の知り合いで、温泉が好きな男なので、和倉温泉の、最高の旅館に泊めて、温泉を、味わわせてやりたいから、大事に扱ってほしいと頼んだそうです」

「その男は、仲居に、どんなことをしゃべっていたんですか？」

「仲居に聞くと、口数の少ない男で、あまりしゃべらなかったそうです。それでも、食事と温泉に満足して帰っていったといっています」

「念を、押しますが、その男は、九月十八日と、十九日の二晩、泊まって、いったのですね？」

「そうです。奥田社長が、連れてきて、帰る時も、彼が、車で迎えに来たそうです」

「奥田社長とは、いったい、どういう知り合いなのか、それは、分かりませんか?」

「奥田社長というのは、ケチで有名な人です。その奥田社長が、とにかく、いい部屋に泊めて、最高の食事を、提供してほしい、酒も最高のものを、用意してくれと、旅館の女将にいったそうですから、たぶん、昔、奥田社長が、世話になった人の息子さんじゃないかと、女将はいっています」

「その男の、似顔絵を、作れませんか?」

「それも、お願いしてみたのですが、何しろ、男が、泊まりに来てから、もう、七カ月も経っていますからね。仲居も女将も、背が高くて、がっちりした男だということは、今でも、覚えているが、顔は、よく覚えていないと、いっているのです」

「お酒は好きだったんですか?」

「ええ、そうらしいですね。特に、日本酒が好きで、銘柄に、うるさいと聞いていたので、旅館でも、最高の日本酒を用意しておいたそうですよ」

と、巡査長が、いった。

「その後、その三十代の男が、和倉温泉に現れたということはないのですか？」

「それも、聞いてみましたが、その男が再度、和倉温泉に来たことは、ないみたいですね。九月に来たのが、最初で最後だったようです」

と、巡査長が、いった。

西本は、石川県の地図を広げた。

殺された田代美由紀は、公益法人交通事故調査会の職員で、第三課に所属し、去年の九月十六日に起きた北陸本線での列車事故について、調査し、レポートにまとめることになっていた。この列車事故のために作られた、専門家による審議会に、そのレポートを提出するためである。

だから、週末の土曜日、日曜日に、わざわざ自分の車で、北陸に、行ったことは、別におかしくはない。

ただ、一つだけ、西本が不審に思うことがある。

問題の列車事故が起きたのは、北陸本線の小松と、金沢の間である。それなのに、田代美由紀が、二回にわたって、出かけていったのは、事故が起きた場所ではなくて、和倉温泉なのである。列車事故が起きた場所と和倉温泉とは、同じ石川県でも、かなり離れている。

どうして、列車事故の現場を、見に行かずに、田代美由紀は、和倉温泉に、行ったのだろうか？

西本は、国会図書館に行って、去年の九月十六日の列車事故を報じた新聞記事をコピーしたものを、持ってきている。そのコピーを、広げてみた。

翌日九月十七日の新聞、全国紙だが、その列車事故のことを、大きく扱っている。

「昨十六日夜、北陸本線で大事故。『サンダーバード29号』が脱線。死者十八人、負傷者五十二人」

大きな見出しが躍り、「サンダーバード」の写真も、載っている。

この29号は、大阪発一六時一二分、終点の和倉温泉着は、二〇時〇八分だが、小松と金沢の間で脱線、転覆したので、もちろん、和倉温泉には、着いていない。

乗客のなかには、和倉温泉に行く人たちも多かったと、記事には、書いてある。

だからといって、この事故を調べに、田代美由紀が和倉温泉に行ったとは考えにくい。

西本は、田代美由紀が泊まったホテルの、女将や仲居に確認してみたが、田代美由紀は、彼女たちに、列車事故については、何も聞いていなかった。

いくら事件を、報道する新聞記事や、和倉温泉周辺の地図を見ても、田代美由紀の行動の謎は、分からないのである。

(もう一度、和倉温泉に行くより仕方がないな)

西本は、自分に、いい聞かせた。

翌日、西本は、日下刑事にだけ和倉温泉に行くことを告げて、新幹線に、乗った。

和倉温泉に着くと、日本一といわれる旅館に泊まることにした。

そこの仲居に、警察手帳を示してから、

「去年の九月十八日と、十九日の二日間、ここに泊まりに来た三十代の男について、聞きたいんだ」

と、いうと、仲居は、

「その人のことなら、派出所の、お巡《まわ》りさんにも聞かれましたよ」

「何でも、サクラバンケットの奥田社長が、連れてきた男だそうだね？」

「そうなんですよ。奥田社長さんが、ウチの女将さんに、自分の知り合いだから、いい部屋に、泊めてやってくれ、お酒が好きだから、名前の通った銘酒を、飲ませてやってくれと、頼まれたそうで、二泊、ここに泊まって、いかれたんです」

「その男の名前は、分からないみたいだね？」

「ええ、奥田社長さんの、紹介ですから、私たちは、奥田さんと、呼んでいましたけど、本名は、分かりません」

「奥田社長と、顔は、似ていたのか？」

「いいえ、全然、似ていませんでした。だから、息子さんじゃないのは、分かっていましたよ」

「奥田さんが、昔、世話になった人の息子さんじゃないかという話も、あったみたいだね？」

「ええ、身元が、全然分からないから、私たちも、勝手に、想像していたんですよ。女将さんがそんなことをいっていたんです」

「口数の少ない男だったと、聞いたんだが」

「ええ、そうなんですよ。あまりしゃべらないんです」

「だとすると、扱いに、困ったんじゃないの？」

「確かに、口数は、少なかったですが、その分、わがままを、いうこともなかったですから、どちらかといえば、扱いやすかったですよ」

「ほかに何か、気がついたこととか、覚えていることは、ないかな？」

「そういえば、夜、お酒を飲んで、酔っ払うと、三味線の地方《じかた》さんを呼んで、民謡なんかを、唄っていましたよ」

と、仲居が、いった。

「どこの民謡を唄っていた？」

「よく唄っていたのは、何でも、南部《なんぶ》牛追い唄だったかしら」

と、仲居が、いった。

「じゃあ、その土地の人なんだ？」

「だと思いますけど」

「唄は、うまかったかな？」

「うまいかどうかは、分かりませんけど、かなり、唄い込んでいるんじゃないですか？　そんな感じでした」

「サクラバンケットの、奥田社長の紹介だとすると、彼はそこから、コンパニオンを呼んだりしたんじゃないの？」

「ええ、あそこからさえこさんというコンパニオンさんが呼ばれて、来てましたよ」

「さえこさんって、三十代の？」

「ええ。あ、そうだ、さえこさんと一緒に、南部牛追い唄を、唄っていましたけど」

と、仲居が、いった。

これで、田代美由紀が、和倉温泉に来た理由が分かったような気がした。

彼女は、和倉温泉に来て、サクラバンケットのコンパニオン、さえこを呼んだ。

そして、彼女から、三十代の男のことを、聞き出そうとしたのではないだろうか？

翌日、西本は、金沢に行き、地方新聞、北陸日報の、本社を訪ねた。地方紙ならば、全国紙よりも、去年九月十六日の北陸本線の列車事故に関して、詳しい記事を、書いていると思ったからだった。

西本は、ここでは、警察手帳を見せず、あの列車事故の犠牲者の知り合いということにして、話を聞いた。

「去年九月十六日に起きた『サンダーバード29号』の、脱線転覆事故ですが、目撃者がいたという話を聞いたのですが、本当ですか？」

いきなり、核心に迫ったことを、切り出すと、西本に応対した、ベテランの記者は、ビックリした顔になって、

「あの事故に、目撃者が、いたんですか？　それは、本当ですか？　それが本当なら、大変な話ですよ。詳しく、話を聞かせてもらえませんか？」

「いや、これは、私が、単なるウワサ話として、聞いただけのことですよ。何でも、三十代の男がいて、あの列車の脱線転覆事故を、目撃していた。そんなウワサを耳にしたものですから、確認しようと、こちらに、伺ったのですが、やはり、デタラメですか？」

「目撃者がいたということになると、大変なスクープに、なりますからね。われ

われも、必死で、探しているんですが、何しろ、あの事故があった時は、夜でしたし、台風十五号が、近づいていましたからね。そんな状況で、起きた列車事故に、目撃者がいるはずがないので、われわれも、諦《あきら》めていたのです。その三十代の男が、事故を目撃していたというウワサは、どこから、出たのですか？」

相手の記者は、なおも、しつこく聞いてくる。

これには、西本のほうが、ひるんで、しまった。

和倉温泉で、豪遊した三十代の男が、ひょっとすると、列車事故の、目撃者ではないかと、西本は、考えたのである。しかし、どうやら、違っていたらしい。

もし、目撃者がいたら、地元の新聞が放ってはおかないだろう。

西本は、列車事故を報じた北陸日報の記事を、コピーさせてもらった。

西本は、そのコピーを持って、和倉温泉に引き返した。

もう一度、例の派出所の巡査長に会った。

まず、いろいろと、調べてくれたことの礼をいった後で、

「あなたが教えてくれた、例の三十代の男のことが、どうしても、気になるんですよ。それで、引き続いて調べてくれませんか？　どんな小さなことでもいいん

です。何か分かったら、とにかく知らせてください」

と、西本が、いうと、巡査長は、

「西本さんも、あの旅館に、行かれたそうですね？」

「ええ、行きました。そこで、この問題の三十代の男が、サクラバンケットから、コンパニオンのさえこを呼んで、一緒に酒を飲みながら、南部牛追い唄を、唄っていたそうなんですよ。もしかすると、男は、そこの生まれかも、しれません」

「分かりました。とにかく、何か分かったら、すぐに、電話します」

巡査長は、約束してくれた。

巡査長は、その後で、

「そうですか、南部牛追い唄を唄っていたんですか」

「あなたも、民謡が、好きなんですか？」

「ええ、好きですよ」

巡査長は、そういって、南部牛追い唄を口ずさんだ。

「田舎《いなか》なれどもさー、南部の国はよー」

その歌に送られるように、西本は、東京に戻ることにした。

第4章　推理の行方

1

西本は、日下の携帯に、電話を入れた。

電話に出た日下に対して、

「今、大丈夫か?」

「大丈夫だよ」

「二人だけで、会えるか?」

「小川裕介に関して調べることは、もうすべて、調べつくしたんだ。相変わらず、小川裕介は、犯行を、全面的に否認しているが、捜査本部は、犯行を認めないまま、起訴に持ち込むことができると考えている。遅くとも、今週中には、間違いなく、小川裕介は、起訴されるだろう。もう調べなくてはならないことが、何もないから、時間が、あまっているんだよ。だから、君と会っても、別に、差しつかえない」

と、日下が、いった。

西本は、神田にある、小さな喫茶店を指定した。大学時代に、よく、モーニングサービスのトーストを食べ、コーヒーを飲んだ、喫茶店である。

会うなり同じコーヒーを注文した後、日下が、いった。

「今のままでは、間違いなく、小川裕介は、殺人容疑で、起訴されるね」

「しかし、決定的な証拠は、見つかっていないんだろう？　例えば、小川が、ナイフを手に持って、田代美由紀の背中を、刺しているところが、映っていると、いった決定的な瞬間だよ」

「十津川警部は、そうしたビデオテープがあれば、万全だということで、高田馬場駅の監視カメラの映像を、丹念に調べていたよ。俺たちも、一緒に調べたのだが、その瞬間を、とらえたものは、なかった。電車が、高田馬場駅に、到着した直後の映像は、乗客がドッと降りてきて、大勢の人間の陰に、なってしまっているから、その瞬間は、映っていないんだ。だからといって、小川裕介が、犯人ではないということには、ならない。小川が、被害者の、田代美由紀と一緒に、電車から降りたことだけは、間違いないんだからね。それに、小川裕介には、ストーカーといった動機がある。同時に降りてきた乗客を、調べているんだが、田代美由紀を、殺さなければならないような、何らかの動機を持った人間は、一人も見つかっていないんだ」

「なるほど。動機か」

「それで、今日、俺を、呼んだのは、何か、聞きたいことが、あったからなんだろう？」

「例の田代美由紀が、刺されて、死ぬ直前、口にしたという、言葉のことだ」

「例のトラブルか？」

「その言葉について、考えてみたんだ」

「トラブルという言葉は、君の友人、小川裕介にとっては、プラスにはならないよ。田代美由紀について、調べていくと彼女にとって、トラブルというのは、ストーカー行為を繰り返していた小川裕介のことしか、考えられないからね」

「トラブルという言葉なんだが、トラブルと、はっきりいったわけではないんだろう?」

「確かに、はっきりと、トラブルとはね。途中の『トラ』までしか、いっていない」

「それなら、彼女が、トラブルといいたかったのかどうかは、分からないじゃないか?」

「それはそうだが、ほかに、どんな言葉が、考えられる?」

「トラブルではなくて、ひょっとしたら、トラックと、いいたかったのではないかと考えたんだよ」

と、西本が、いうと、日下は、笑って、

「トラックだって?」

「そうだよ。トラックだ」

「それこそ、何の意味だか、分からないじゃないか? 田代美由紀が、トラックを運転していたわけじゃないし、運送会社に勤めていたわけでもない。彼女の乗っている車は、軽自動車だ。トラックとは、何の関係もないじゃないか？」

「ほら、田代美由紀の軽自動車を確認した時に、傷がついていたのを覚えているか？　調べてみたら、三月二十五日の日曜日に、トラックにぶつけられたということが分かったじゃないか」

「三月二十五日の日曜日？　うん、そういえば、そうだった」

「彼女は、二十四日の土曜日に、自分の軽自動車で、和倉温泉に行っている。翌日の二十五日に帰ってきているんだが、その時に、トラックに、ぶつけられたと、マンションの管理人に、いっている」

「犯人は、分かっているのか？」

「いや、分かっていない。ぶつけたのが、どこの誰かも、二十五日の、何時頃にぶつけられたのかも、はっきりしない」

「田代美由紀は、トラックに、ぶつけられて、死にかけたのか？」

「ケガは、していないようだ」

「彼女は、警察に、届けを出したのか？」

「いや、出していない」

「それは、つまり、届けを出すまでもないような、ごくごく、軽い事故だったということだろう？」

「確かに、軽い事故だった。彼女自身は、別に、ケガをしていないし、車体にだって、ほんのかすり傷しか、ついていなかった。ただ、トラックにぶつけられたのは、紛《まぎ》れもない事実なんだ。だから、彼女が、死ぬ直前に『トラ』といったのは、トラブルではなくて、トラックといいたかったんじゃないか？　その可能性だってあるだろう？」

「もちろん、可能性は否定できないが、いったい、何のために、トラックと、いったのか、理由が分からないだろう？」

「田代美由紀は、自分が刺された瞬間、三月二十五日に、トラックに、ぶつけられたことを思い出したんじゃないだろうか？　自分を殺そうとしているのは、あのトラックの運転手じゃないか、そう思って、トラックと、いおうとした」

「ちょっと、待ってくれよ」

と、日下が、手で制して、

「田代美由紀は、そのトラックに、追いかけ回されて、危うく、殺されかけたというわけじゃないんだろう？　念を押すが君の話を聞いていると、ごく軽い接触で、その時、田代美由紀は、警察にも、届け出をしていない。そうなんだろう？」

「ああ、確かに、大した事故じゃなかった」

「それなのに、田代美由紀は、なぜ、刺された瞬間に、その、大した事故ではないことを、思い出したというんだ？　あまりにも、説得力がなさすぎるじゃないか？」

「確かに、大した事故じゃないんだ。だがね、三月二十五日に、トラックにぶつけられたということが、大事なんだと、俺は思っている」

「どうしてだ？」

「そのところは、俺は、こう、考えた。田代美由紀は、三月に入ってから、二回、土日の二日間、休みを返上して、石川県の、和倉温泉に行っている。その帰りの、三月二十五日に、トラックに、ぶつけられたんだ。つまり、彼女が、土曜日から、日曜日にかけて、二回も和倉温泉に行ったことが、犯人を怒らせたんじゃないか？　そこで、警告の意味で、犯人は、トラックを運転して、三月二十五日に、彼女の軽自動車に、わざと、ぶつけたんじゃないかと思うんだ。だが、田代美由紀は、それを、警告だとは受け取らなかった。そこで犯人は、西武新宿線の高田馬場駅のホームで、ドッと降りる乗客に紛れて、彼女を、刺した。その瞬間、彼女は、ひらめいたんだよ。トラックにぶつけられたのは、単なる事故ではなくて、警告だということにね。その警告を、無視したので、私は、刺された。だから、死ぬ直前に、トラックといおうとした。運転手が誰なのかも、分かっていない。だから、とっさに、トラックと、いおうとした。これで、話の辻褄《つじつま》が、合うんじゃないか？」

「なるほど、一応、辻褄が合うが、かなり強引だね。説得力が、ないんじゃないか？」

と、日下が、いい、西本は、

「そうか、説得力がないかね？」

「まず第一に、トラックの運転手が、誰なのかも分からないし、どんなトラックなのかも分からないんだろう？」

「そうだ。どんなトラックなのかも、運転していたのが、どんな人間なのかも、分かっていない」

「そこがおかしいと、思うんだよ。いいか、田代美由紀は、三月に入ってから、土日、土日と四日間、何かを、調べるために、わざわざ、東京から車で、和倉温泉に行っている。ただ漠然と、和倉温泉に、行ったわけではないだろう。何かを調べに行ったんだ。状況から見て、そう、考えるのが、当然だろう？」

「俺だって、そう考えている」

「その帰りに、トラックにぶつけられたとすれば、想像がつくんじゃないか？想像がつかないというのが、かえっておかしいじゃないか？」

この指摘に、西本は、思わず黙り込んでしまった。確かに、日下のいう通りなのである。

田代美由紀は、何かを、調べるために、二回にわたって、和倉温泉に行き、海風荘という旅館に泊まって、コンパニオンのさえこを呼んでいる。

何のために、田代美由紀が、二回にわたって和倉温泉に行き、そこで、働いているさえこを呼んだのかということである。その理由が、分からないのである。

その理由が、分からなければ、トラックにぶつけられた理由も、分かってこない。

「和倉温泉では、一つ、面白いことが、分かっている」

と、西本は、いった。

「田代美由紀は、二回にわたって、和倉温泉に行き、その都度、サクラバンケットというコンパニオンの会社から、さえことという三十代のコンパニオンを、呼んでいる。ところが、さえこも、サクラバンケットの社長の、奥田という男も姿を消しているんだ。それだけじゃない。去年の九月十六日に、北陸本線で、列車事故が起きているんだが、二日後の、九月十八日と、十九日の二泊三日にわたって、サクラバンケットの奥田社長が、三十代の若い男を、和倉温泉で、最上の旅館に招待して、どんちゃん騒ぎを、やらせているんだ」

「田代美由紀が、和倉温泉に二回にわたって行った。サクラバンケットのコンパニオンのさえこを、二回続けて呼んだ。その理由は、分かっているのか？」

「いや、残念ながら、分かっていない」

「それじゃあ、去年九月十六日、北陸本線で、事故のあった直後に、そのサクラバンケットの社長が、三十代の若い男を和倉温泉に、招待して、二晩にわたって豪遊させた、その理由も、分かっていないんじゃないのか？」

「残念ながら分かっていないんだ」

「それじゃあ、どうしようもないじゃないか」

「確かに、どうしようもないんだが、その豪遊した、三十代の若い男が、ひょっとすると、問題の、トラックの運転手で、今年の、三月二十五日に、田代美由紀の軽自動車に、トラックを、ぶつけた犯人じゃないかと、思ったんだ」

「そうかもしれないが、証拠は、あるのか」

「何の証拠もない。田代美由紀が、なぜ、二回も、和倉温泉に行っていたのか？　なぜ、コンパニオンを呼んだのか、分かっていないんだ」

　西本は、悔《くや》しそうに、いった。

「君の気持ちも、よく分かるが、今のところ、何の証拠もないし、トラックの運転手の身元の確認もできていないのでは、どうしようもないね」

　と、日下が、いった。

「小川裕介が、今週中に起訴されるのは、間違いないのか？」

「ああ、間違いなく、今週中には、起訴される」

「それまでに、もう一度、小川裕介に会いたいのだが、ダメかな？」

「君一人に、会わせるというわけには、いかないだろう。そんなことをしたら、たった一人の刑事のために、取り調べを曲げることになってしまうからね」

日下は、はっきりと、いった。

2

西本は、別の方向から、今回の殺人事件をもう一度調べてみることにした。その前提として、小川裕介が、犯人ではないということがある。

しかし、犯人ではないとしたら、なぜ、あれほどまで、しつこく、田代美由紀のことを追い回していたのか？

住所を変えて、田代美由紀と同じ、所沢に引っ越し、毎日同じ西武新宿線の電車に、乗っていたのか？

また、小川裕介は、田代美由紀の写真を、何枚も、隠し撮りしている。何のために、そんなことをしたのか？

小川が犯人でないとすれば、ストーカーではないのに、なぜ、田代美由紀を、追い回し、つけ狙ったのだろうか？

その理由が、分かれば、今回の事件の解決に、向かっていける可能性が、出てくる。

殺された田代美由紀は、高田馬場にある、公益法人交通事故調査会の第三課に所属していて、去年の、九月十六日の夜、北陸本線で脱線転覆事故を起こし、多くの死傷者を、出した「特急サンダーバード29号」の事故について、調べていたことが、分かっている。

三月に入って、休日を使って、二回も、和倉温泉に、行ったのも、「特急サンダーバード」の脱線事故に関して、何かを、調べに行ったに違いない。

そこで、西本が考えたのは、小川裕介が、去年九月十六日の、北陸本線の「特急サンダーバード」の脱線事故について、何らかの、関心を持っていたのではないかということである。だから、小川裕介は、交通事故調査会の田代美由紀に、接触しようとしたのではないだろうか？

しかし、それにしては、小川裕介の行動は、少しばかり、異常である。なぜ、田代美由紀を、ストーカーのように追い回したのか？　彼女の写真を、隠し撮りしたのか？

そこには、何らかの、理由がなければならない。北陸本線の脱線事故に関心があったというだけでは、ストーカーまがいのことはしないだろう。

小川裕介には、人一倍、北陸本線の脱線事故に、関心を持つ理由があったに違いない。その理由を、見つけ出そうと、西本は、考えた。

3

この脱線事故では、十七人の乗客が死んでいる。このなかには、「特急サンダーバード」を運転していた運転士、加藤久雄《かとうひさお》、五十歳は、含まれていないから、合計十八人もの死者が、出ているのだ。

この犠牲者のなかに、小川裕介と、繋《つな》がりのある人間がいるのではないか？

西本は、そこから、調べてみることにした。

当時の新聞には、死んだ十七人の乗客の名前が、載っている。

十月一日に、金沢市内の豪徳寺《ごうとくじ》という寺で、JR北陸の主催の犠牲者の合同慰霊祭が、あった。

参列者のなかに、小川裕介の名前がないか、それを、調べるのに、西本は、警察手帳を使うことにした。

ＪＲ北陸の東京本社に行き、西本は、合同慰霊祭に、参列した人たちの名簿を、見せてくれるように、頼んだ。ただ、頼むだけでは、見せてくれなかっただろうが、そこは、さすがに、警察手帳の威力である。

担当者は、すぐに、参列者の名簿を持ってきて、西本に見せてくれた。

予感は的中した。

参列者に、小川裕介の名前が、あったのである。亡くなった乗客の、誰の関係者として、合同慰霊祭に参加していたのかも、名簿で、すぐに分かった。

小田伸一《おだしんいち》という、三十五歳の乗客の関係者として、小川は、参列していたのである。

次には、この小田伸一、三十五歳について調べてみることにした。

住所は、東京都世田谷区にある三軒茶屋《さんげんぢゃや》のマンションになっていた。西本は、このマンションを、訪ねた。

すでに小田伸一が、死亡してから半年以上が経過している。マンションの、小田伸一が、住んでいた部屋には、もちろん、今は、別の人間が住んでいた。

西本は、マンションの管理人から、小田伸一について話を聞くことができた。

「小田さんは、まだ独身でしたね。ここには、一人で、住んでいらっしゃいましたよ。工業デザイナーをやっていて、四谷に、事務所がある。そこの名前は、小田デザイン工房だと、そんなふうにいっていらっしゃいましたよ」

「小田さんは、主に、どんなデザインを、やっていたんですか？」

「大手の自動車メーカーに頼まれて、新車のデザインをするのが、主な仕事だったみたいですよ。小田さんは、自分でも、スポーツカーの、チームを持っていて、レースにも参加していたんじゃないですかね？　小田さんが、亡くなった後も、四谷の、デザイン工房は、存続していると思いますよ」

と、管理人が、教えてくれた。

四谷に、行ってみると、確かに駅の近くに、小田デザイン工房という事務所があって、現在も、十二、三人のデザイナーが、働いていた。

西本は、そこで、崎田《さきた》というチーフデザイナーに会った。

「今は、大手の自動車メーカーに頼まれて、新しい電気自動車の、デザインをやっています」

と、崎田が、いった。

西本が、崎田に、小川裕介の顔写真を、見せて、

「この人のことをご存じありませんか?」

と、聞くと、崎田は、ニッコリして、

「もちろん、知っていますよ。亡くなった、小田さんの知り合いで、時々、ここにも、遊びに来ていましたからね」

「小田さんとは、どういう、関係だといっていましたか?」

「小田さんのことを、命の恩人だといっていましたよ。小田さんのほうは、いつも、ニコニコ笑っているだけでした」

と、崎田が、いった。

「小田さんのことを、命の恩人だといっていたんですか?」

「ええ、そうです。何でも、去年の、四月頃、三日か、四日の夜だったと思うのですが、地下鉄四ツ谷駅のホームで、酔っ払った男が、ホームから、転落したん

ですよ。そこへ電車が入ってきて、危うく、轢《ひ》かれそうになったのですが、たまたま、そこにいた、小田さんがホームから飛び降りて、間一髪男を助けたんだそうです」

「小田さんが、助けたのが、小川裕介というわけですね？」

「そうです。その後、時々、この事務所に、遊びに来るようになったんです。小田さんとは気が合ったのか、二人で、新宿などに、飲みに行っていたことも、あったみたいですよ」

「その話、本当なんですか？」

「ええ、都会の美談として、翌日の、新聞にも載りましたから間違いありませんよ」

その命の恩人が、九月の十六日に、北陸本線の、脱線転覆事故で死亡した。

「小田さんは、北陸本線の、脱線事故で亡くなりました。その、合同慰霊祭に、小川裕介が、参列しているんです。ご存じでしたか？」

「知っていましたよ。私も、その合同慰霊祭には、このデザイン事務所を、代表して参列しましたから」

と、崎田が、いった。

「その時、小川裕介と、何か、話をしましたか？」

「彼、一人で、泣いていましたね。こんなことを、いっていました。この事故について、真実を明らかにしたい。そうしなければ、小田さんに、申し訳ないと」

4

これで、小川裕介が、去年九月十六日の北陸本線の脱線転覆事故に、強い関心を、持っていたことは、はっきりした。

次に、調べなければならないのは、小川と殺された田代美由紀との、関係である。

問題の脱線事故は、公益法人交通事故調査会が、調査をすることになった。ここが、調査をして、有識者で、構成される北陸本線脱線事故調査審議会の委員たちが、結論を、出すことになっている。

小川は、この事故について、あるいは、この事故を、調査している交通事故調査会について、もっと深く、知りたいと思ったのでは、ないだろうか？

その頃、小川は、「月刊アスカ」という雑誌の、編集者をしていた。ただし、社長の方は、小川が会社の命令に従わないので、クビにしたと、いっていた。

小川は、雑誌の編集者という肩書を、利用して、編集方針とは関係なく、九月十六日の、脱線事故について、調べていたのではないだろうか？

小川は、交通事故調査会の、今回の脱線事故に対する考え方なり、その調査の内容について、調べていたのだろうか？

直接、小川裕介が、交通事故調査会に、乗り込んでいって、体当たり取材をしても、向こうは、本当のことを、しゃべらないだろう。ノーコメントを続けたに違いない。

とすれば、小川は、どうやって、交通事故調査会の田代美由紀に近づこうとしたのか？

西本は、小川の立場に立って、考えてみた。

小川は、「月刊アスカ」の、編集者である。「月刊アスカ」という雑誌は、大手の出版社が、発行している雑誌ではない。だから、力だって、それほど、強くはないに違いないのだ。

小川が、「月刊アスカ」編集部という名刺を、使ったとしても、交通事故調査会の人間から、これはと思う情報が、得られたとは、思えない。最後に思いつくのは、相手と、どこかに飲みに行き、酔わせて、話を聞くことである。そのためには、かなりの金がいることになるが、命の恩人のことである。小川は、そのためには、有り金全部を使っても、惜しくはなかったのではないだろうか？

交通事故調査会は、高田馬場にある。とすれば、そこの人間が飲みに行くのは、たぶん、新宿だろう。

西本も、新宿のクラブを、回ってみることにした。

5

西本は預金を全部下ろした。クラブを、一軒ずつ回り、金を惜しまず、高い酒を飲み、ママに、小川裕介の写真を、見せながら交通事故調査会の人間と、小川裕介のことを聞いて、回った。

　五軒目の店で、ママが、小川裕介の写真を見て、

「この人なら、知っているわ。一時期、よくいらっしゃいましたよ」

「一人で来たんですか？」

「いいえ、交通事故調査会の人たちと、いつも一緒」

　と、ママが、いった。

「この小川裕介が、いつも、交通事故調査会の人たちに、奢《おご》っていたんじゃありませんか？」

「そうなの。あそこから、仕事を貰《もら》おうと思っていたのかも、しれませんけどね。やたらに、奢っていましたよ。当然だけど、向こうさんは、ご機嫌」

　ママは、笑った。

「それは、いつ頃のことですか？」

「確か、去年の、十二月くらいだったかしら。クリスマスの時にも、小川さんが、大盤振る舞いをして、一緒になって、騒いでいらっしゃいましたからね。その後、突然、来なくなってしまったんだけど、どうしたのかしら？」

ママが、首を傾《かし》げている。

小川裕介が、殺人容疑で、逮捕されていることは、知らないらしい。

「その時に、小川裕介と一緒に来た交通事故調査会の人たちの名刺を、貰っていますか？」

西本が、聞くと、

「いいえ、全然。何でも、あの団体の人、名刺は、大事だから、簡単には、人には渡さないんですって。何が、大事なのか、よく分かりませんけどね」

「それじゃあ、交通事故調査会の、どんな人が、来たのか、分かりませんね？」

「ええ、名前は、分かりませんけど、課長さんが、来たのは知っていますよ。第三課の課長さん」

と、ママが、いった。

「三課の課長も、小川裕介と一緒に、ここに、飲みに来たんですか？」

「ええ、いらっしゃいましたよ。それに、あの課長さんの上役の人も、一、二度、お見えに、なりましたよ」

ママは、思い出したように、

「それから、理事長の、五十嵐さんもですよ」

「理事長の五十嵐さんも、来ていたんですか？」

「ええ、理事長さんも、もちろん、名刺なんかくれませんでしたよ。でも、一緒に来た皆さんが、理事長、理事長と、呼んでいたから、あの方が、理事長さんなんでしょうね。なかには、五十嵐さんと、呼んでいる人もいたので、理事長さんは、五十嵐さんとおっしゃるんだって分かったんですよ」

ママが、いった。

これで、大体の想像が、ついてきた。

家に帰ると、西本は、メモ用紙を取り出して、今までに、分かったことを、順番に、書いていった。

友人の小川裕介の行動と、今、彼が、何を考えているのかを、想像を交《まじ》えて書いていったのだ。


小川裕介は、去年の四月頃、酔っ払って、地下鉄四ツ谷駅のホームから、線路に転落、危うく電車に、轢かれそうになったところを、その場にいた、工業デザイナーの小田伸一に助けられた。

それ以来、小川は、小田伸一を、命の恩人として、付き合ってきた。一緒に飲みに行くことも、多くなった。

そんな時、小田伸一は和倉温泉行きの「特急サンダーバード」に乗っていて、脱線転覆事故に巻き込まれて、死亡した。

このことを、知って、小川裕介は、この事故の真相を知りたい。どんなことをしても、真相を、明らかにしたい。とにかく、命の恩人が、死んでしまったのだからと、小川は思ったのだろう。


この列車事故は、公益法人交通事故調査会が、調査することになった。その調査結果を基にして、有識者で作られた北陸本線脱線転覆事故調査審議会の委員が、最終的な事故原因を、断定する。

はたして、交通事故調査会が、きちんと、調査を進めるだろうか？　ＪＲの意向を受けて、本当の事故原因を、隠そうとするのではないだろうか？　小川は、それを知りたくて、交通事故調査会の面々と、新宿で、飲むようになった。

小川は、その時持っていた貯金を、すべて、はたいたに違いない。

新宿のクラブで、交通事故調査会の人間たち、なかには、今回の調査を担当している第三課の課長や、理事長まで含めて、惜しみなく、金を使って、接待し、どんな調査を行っているのかを、聞き出した。


金を、惜しみなく使って接待しているうちに、小川は、交通事故調査会の調査が、どこか、偏《かたよ》っていることに、気がついたのではないか？

このままで行けば、脱線転覆事故の真相は、闇に、葬られてしまう可能性が強い。

第三課に、所属している田代美由紀という職員だけが、ほかの職員とは違った方向で、独自に、調査をしていることが分かってきた。

しかも、田代美由紀の父、田代博司《ひろし》はT大の教授で、今回の、北陸本線脱線転覆事故の調査審議会の委員になっている。

小川は、何とかして、田代美由紀に、近づこうと考えた。

小川が、田代美由紀について調べているうちに、彼女が、一人で、二回にわたって、週末を利用して、和倉温泉に行っていることが分かった。そして、三月二十五日、トラックが、彼女の乗っていた軽自動車に、接触事故を起こした。

これは、ただの交通事故ではないと、小川は、思った。一人だけ、調査の方法が異なる田代美由紀の命を、誰かが、狙おうとしているのではないか？

そこで、小川裕介は、それまでより、なおいっそう、田代美由紀を守ることにした。田代美由紀を、離れた場所から護衛することにした。ボディガードである。

小川が、田代美由紀の写真を、隠れた位置から撮っていたのは、彼女を望遠レンズで撮っていたのではなくて、彼女に、近づこうとする人間が、いないかどうかを、望遠レンズを使って、監視していたというのが、正しいのではないのか？

毎日、西武新宿線の同じ電車、同じ車両に乗って、同じ、高田馬場まで行き、その間の、護衛をしようとしていた。

ところが、犯人が、四月十日、高田馬場駅で、田代美由紀を、刺殺してしまった。

西本は、自分の書いたメモを、もう一度、最初から、読み直していった。

自分が、考えたこのストーリーは、想像の域を出ないが、ほぼ、間違いないだろうと、西本は、思った。

しかし、不明な部分も、まだ多い。

いちばん、不明で、その真相を知りたいのは、田代美由紀が、三月中に二回も、和倉温泉に行った理由である。

北陸本線の、列車脱線転覆事故を調べに行ったに、違いないのだ。

二回にわたって、田代美由紀が会って、話を聞いている、サクラバンケットのコンパニオン、さえこから、何を聞いたのか?

問題の、列車脱線転覆事故が起きたのは、金沢と小松の間である。和倉温泉ではない。

それなのに、二回も、和倉温泉に行き、そこで働いているコンパニオンのさえこに会ったのだ。

想像は、できる。

コンパニオンのさえこ、あるいは、サクラバンケットの、社長の奥田が、脱線事故について、何かを、知っている。事故の核心に迫るような大事なことを知っている。それで、田代美由紀は、会いに行ったのではないか？

しかし、彼女が殺されてしまい、奥田もさえこも、どこかに、姿を消してしまった今、何があったのか、何を聞こうとしていたのかは分からなくなってしまった。

西本は、必死になって、想像をめぐらせてみるのだが、これはという答えが見つからない。

メモを見ているうちに、西本は、疲れ切って、眠ってしまった。

何時間、経《た》ったのだろうか、携帯の呼び出し音で、目を覚ました。

すでに窓の外は、明るくなっている。

電話は、日下からだった。

「小川裕介だが、今週中に、起訴されると、前にいっただろう」

と、日下は、話しはじめた。

それをさえぎるように、西本は、いった。

「その小川裕介のことで、ぜひ君に、知らせたいことがあるんだ。何とか、時間が、取れないか？」

「午後なら少し時間が空くから、会える。新宿で一緒に、久しぶりに、昼飯でも食べないか？」

と、日下が、誘ってくれた。

6

午後一時過ぎに、新宿の、イタリア料理店で、日下と会った。少しばかり遅い昼食になった。

「実は、こんなことを、書いてみたんだ。俺なりに、今回の事件を考えてみたんだ。目を、通してみてくれないか？」

西本は、メモを、日下に渡した。

日下が、スパゲティを、食べながら、メモに目を通している。その間、西本は、これからどうなるのかを、考えていた。

起訴されれば小川裕介は、拘置所に入ってしまう。そうなると、弁護士か、肉親以外は、小川には、会えないことになるかもしれない。

日下は、メモを読み終えて、こちらを見た。

「ここに書いてあることが、すべて事実なら、今度の事件について、かなり、考え方を改めなければならなくなってくる」

と、日下が、いった。

その言葉が、西本には、嬉《うれ》しく、心強かった。

「すべて事実と、いいたいのだが、想像も交じっている」

「想像というよりも、むしろ、希望じゃないのか？」

日下が、痛いことを、いった。

「ああ、そうだ。確かに、俺の希望も、かなり入っている」

「小川裕介が、命の恩人のために、今回の行動を起こしたと書いているが、これは、本当のことなのか？」

「去年の四月に、四ツ谷駅で、小川が酔っ払って、線路に落ちて、小田伸一に、危機一髪のところを、助けられたというのは、本当だ。翌日の新聞に、記事が出ていたからな」

「命の恩人の小田伸一が、例の九月十六日の、北陸本線の脱線事故で死んでしまった。そこまでは、事実だと思う。しかし、交通事故調査会に、疑いの目を向けて、どんな調査をしているのかを、調べ上げ、田代美由紀に近づいていったと、君は書いているが、この部分は、少しばかり、話が飛躍しすぎているんじゃないのか」

「そうか、話が、飛躍しているかな?」

「普通に考えれば、いかに、命の恩人だといっても、列車事故で、死んでいるんだよ。ただ悲しむだけだろう。そういうもんじゃないか? 命の恩人が死んだのだから、その列車事故の真相を、調べる。そんなふうには、普通は、考えないんじゃないのかね?」

　食事の手を止めて、日下が、じっと、西本を、見た。

「確かに、普通の人間なら、命の恩人が列車事故に遭《あ》っても、交通事故調査会の、調査結果を待つだろうし、有識者の審議会の結論を、待つだろう。ただね、小川裕介は、そういう人間じゃないんだ。命の恩人が、命を落としたら、必死になって、どうしてそうなったのかを、調べるような人間なんだよ。自分で調べないと、落ち着かない人間なんだ」

「だから、公益法人交通事故調査会の調査が信用できなくて、一人だけ、反対方向の調査をしている田代美由紀に、接触しようとしたわけか？」

「そうだ」

「俺にも、そこまでは何とか分かるよ。だが、その先がいけない。小川裕介は、彼女を守ろうとして、毎日同じ電車に乗って、高田馬場に来ていた。彼の不安が的中して、高田馬場駅で、田代美由紀が、何者かに刺されて死んでしまった。君は、メモに、こう書いている」

「ああ、そう思ったから、書いているんだが」

「こんな話を、誰も彼もが、信じるとは、俺には、思えない。逆に、考える人間だっているはずだ」

「どんなふうに、逆に考えるんだ？」

「小川裕介は、田代美由紀に接触した。そして、自分の考えをいって、その通りに、調査を進めてくれと、いったが、田代美由紀は、小川裕介を、相手にはせず、彼のいう通りにはならなかった。『外から、余計なことはいわないでほしい』。小川裕介は、田代美由紀から、そんなことを、いわれたかもしれない。それで、怒ってしまった小川裕介が、高田馬場駅で、田代美由紀を、刺殺した。こんなふうにだって、考えられるじゃないか？　おそらく、多くの人が、そう、考えるはずだよ」

と、日下が、いった。

第5章　最後の抗議

1

「それはないよ」

西本が、日下に、抗議した。

「何がないんだ？　君の友人の小川裕介は、執拗《しつよう》に、田代美由紀を追い回した。遠くから、彼女の写真を撮ったり、毎日のように、同じ西武新宿線に乗っていた。これだけのことをしているんだ」

「それは、北陸本線の脱線事故について、正確な調査を、してもらいたかったからだよ」

その後、少しの間、二人は、黙って食事をしていたが、突然、西本の目が、宙で止まってしまった。

西本の目の先に、テレビがあり、ニュースが始まっていた。

その画面に突然、公益法人交通事故調査会の文字が、浮かんだからである。アナウンサーの声が、かぶる。

「先日、交通事故調査会の調査員、田代美由紀さん、二十五歳が、西武新宿線の高田馬場駅で、不慮の死を、遂げました。その結果、調査員が一人、欠員に、なっていたのですが、今回、機械工学にも詳しい調査員が補充されました。その調査員の名前は、野本雅美《のもとまさみ》さん、二十三歳で、亡くなった田代美由紀さんと同じ短大の、後輩です」

野本雅美の顔写真が、大きくテレビ画面に映り、緊張しているのか、少しばかり甲高い声で、抱負を述べた。

「先日亡くなった田代美由紀さんは、私が尊敬していた、先輩です。この先輩に負けないように、列車事故について調査を進め、一日も早く、事故の真相に迫ればいいと思っています」

彼女は、上司の、第三課長の川本充と握手をする。

川本課長が、笑顔で、激励した。

「田代くんに負けないように、頑張ってほしい。ただし、鉄道事故の調査というのは、大変に、デリケートなものだから、自分で勝手に結論を出したり、断定しないように慎重であってもほしいね」

それで、画面は、次のニュースに、代わった。

「そうだ。殺された田代美由紀の代わりの調査員が、必要だったんだ」

と、日下が納得したような声を出した。

西本が、いった。

「おれは、少し遅かった気がする」

去年の、九月十六日の夜に起きた北陸本線の「特急サンダーバード29号」の脱線転覆事故の調査を頼まれた、交通事故調査会は、調査員を決めて、調査を始めたはずである。

その調査員の一人が、突然、殺されたのである。

もちろん、なぜ殺されたのか、犯人は誰なのかといった捜査も、必要だが、捜査は警察に任せて、調査会は、一名生じた欠員を、補充することが先決ではなかったのか？

それなのに、なぜか、今日まで一週間、欠員が補充されなかった。適当な職員がいなかったとは思えない。職員数、五百六十人といわれる公益法人なのである。

調査会の、上のほうが、何か理由があって、欠員の補充を、抑えていたとしか考えられない。一週間経《た》って、ようやく、その理由が解消したので、野本雅美という、二十三歳の女性を、田代美由紀の、後任にしたのだろう。

「君に、頼みがある」

食事の後で、西本が、いった。

「分かっている。さっきテレビに出ていた野本雅美という女性について、調べてほしいんだろう？」

「俺自身は、捜査から、外れているから、自由に動けない。彼女が、どこに住んでいるのか、それだけでも、構わないから調べて教えてくれ」

日下が調べてみると、野本雅美は、現在、西武新宿線の、所沢駅近くのマンションに住んでいることが、分かった。殺された田代美由紀の、マンションの近くである。

知らされた西本は、そのマンションに、野本雅美を、訪ねた。

西本は、まず、警察手帳を見せて、自分の身分を、明らかにしてから、

「あなたに、お話ししたいことが、あるのですが、どうでしょうか、このマンションの前に、喫茶店が、あるので、できれば、そこへ行って、お話がしたいのですが」

「私は、ここでも平気ですけど」

と、野本雅美が、いう。

西本は、笑って、

「いや、そういうわけにも、いかないんですよ。あなたは、若くて独身だし、私も、一応、独身ですからね。妙に、勘ぐられてはいけないので、喫茶店で、お願いします」

西本の言葉が、野本雅美に、信頼の置ける刑事だという印象を、与えたのかもしれない。野本雅美は、すぐ、喫茶店まで来てくれることになった。

西本は、コーヒーとケーキを、頼み、改めて捜査への協力を、要請した。

「捜査って、私の先輩の、田代美由紀さんの事件のことでしょう?」

「そうです」

「でも、あの事件は、犯人が、もう捕まっているじゃありませんか?」

「ええ、容疑者は、すでに、逮捕されています。しかし、犯行の動機が、はっきりしないのですよ」

「それは、犯人の、男性が、田代美由紀さんに付き合いを、断られたので、カッとして、刺したと聞いているんですけど、違うんですか?」

「確かに、そう、いわれていますが、それだけでは、説明が、つかないところがあるんですよ」

「説明がつかないところって、何ですか?」

「生前、田代美由紀さんは、気味の悪い男がいるとか、変な男にしつこく、追いかけられて、困っている。そういって、家族や友人に、相談した形跡が、まったくないんですよ」

「そうなんですか」

「あなたは、田代美由紀さんと、親しかったんですよね?」

「ええ、親しくして貰《もら》いました。尊敬する先輩でしたから」

「あなたに、田代さんは、相談して、いましたか？ 例えば、変な男に付きまとわれて、困っているとか、何かされそうで、怖いとかいっていませんでしたか？」

「そういえば、田代美由紀さんは、何も、いっていませんでしたわ」

「そうでしょう。そこが、不可解なんですよ」

「でも、犯人は、田代美由紀さんに対して、ストーカーまがいの真似《まね》をしていたと聞いていますけど」

「確かに、容疑者は、遠くのほうから、田代美由紀さんの写真を、隠し撮りしたり、同じ通勤電車に乗ったり、わざわざ、田代美由紀さんが住んでいた所沢に、引っ越したりしているのです」

「それじゃあ、やっぱり、犯人は、田代美由紀さんに対して、ストーカー的なことをしていたんじゃありませんか」

「そう、見られても仕方がないのですが、そのくせ、容疑者は彼女に、電話をしたり、手紙を、書いたりはしていないのですよ」

「じゃあ、何をしていたんですか？」

「さっきも、いったように、朝の出勤の時に、同じ電車に乗ったり、遠くから写真を、撮ったりしていました」

「犯人は、田代さんのことが、好きだったんですか？」

「好きかどうかは、分かりませんが、気になっていたことは、間違いないでしょうね」

「犯人は、何のために、田代美由紀さんを、つけ回したり、同じ電車に乗ったり、写真を、撮ったりしていたんですか？」

「それを、容疑者に聞いたことがあります」

「それで、何が、分かったんですか？」

「容疑者は、こんなふうにいうんです。実は、去年の、九月十六日に北陸本線で起きた『特急サンダーバード』の脱線転覆事故に、興味を、持っている」

「それは、ウチの団体が、調査をしている鉄道事故ですけど」

「もちろん、よく知っています。容疑者は、その鉄道事故に、関心を持っています。今、あなたがいったように、交通事故調査会が、鉄道事故についての、調査をしていることも、知っています。その調査員の一人が、田代美由紀さんだと知ってから、彼女に興味を持つようになったと、容疑者が、いっているんです」

「それって、犯人の、単なるいい訳なんじゃないんですか？　ストーカーの果てに、田代美由紀さんを殺してしまって、後になってから、勝手に作った、いい訳じゃないかと、思いますけど」

「そうですね。確かに、いい訳にも、聞こえますすね」

と、肯《うなず》いてから、西本は、

「これから、お話しすることは、内緒にしておいて、いただきたいのですよ」

「分かりました。誰にも、いいません」

「現在のところ、警察は、今回の殺人事件を、男と女の、愛憎事件だと考えています」

「それは、知っていますけど」

「テレビのニュースで拝見したんですが、あなたは、亡くなった田代美由紀さんの代わりに、北陸本線の事故の、調査員になった。これは、間違いありませんか？」

「ええ、突然、田代先輩の代わりに、調査を命じられて、戸惑いも、感じていますが、同時に、名誉も感じているのです」

「田代美由紀さんの代わりに、なぜ、あなたが、選ばれたんですか？」

「田代さんが亡くなったので、女性の調査員が、いなくなってしまったんですよ。構成上それではまずいというので、私が選ばれたと、聞いています」

「テレビでは、第三課の川本課長さんから、励まされて、いましたね？」

「鉄道事故は、第三課の、担当ですから」

「課長から、まず、何をしろと、いわれましたか？」

「田代先輩は、それまでに、調べたことを、調査報告書に、まとめていました。まず、その調査報告書を、読めといわれました」

野本雅美が、いう。

「田代美由紀さんの書いた、調査報告書を読めとですか？」

「ええ、何事も、そこから、始まりますから」

「どんな内容の報告書でしたか？」

西本が、聞くと、雅美が、急に、眉を寄せて、

「それはいえません。今、調査員の、報告について、しゃべってしまうと、それ

が勝手な印象を、与えてしまいますから。調査員の作る報告書については、現時点では、絶対に、外部に、漏らしてはならないといわれています」

「分かりました。そうでしたね。もう、聞きませんが、最後に一つだけ、教えてください。その調査報告書を、読んで、それは、あなたが、予想していたような調査報告書でしたか？　それとも、ビックリするようなことが、書かれていましたか？　それだけでも、教えてください」

と、西本が、いった。

雅美は、少し迷ってから、

「大体、私が思っていた通りの、内容でした」

「それで、あなたは、どんな調査をするつもりですか？」

「川本課長から、いろいろと指示されていますから、それにしたがって、北陸本線の、脱線転覆事故について調査を進めたいと、思っています」

「これも、内密にしておいて、いただきたいのですが、田代美由紀さんは、今回の鉄道事故について、調べるために、休日を利用して北陸に行っていた。ご存じですか？」

「それって、『特急サンダーバード29号』が脱線した場所を、調べに行ったんでしょう？　私も、行くつもりです」

と、雅美が、いう。

「いや、それが、違うんですよ。『サンダーバード』の脱線事故は、小松と金沢の間で、起きているんですが、田代美由紀さんが、調べに行ったのは、そこではなくて、和倉温泉なんですよ」

「それって、本当なんですか？」

「これは、事実です。私は、田代美由紀さんが、北陸に行ったと聞いて、あなたと、同じように、てっきり、脱線事故の現場に行ったのだろうと思っていたのですが、現場には、なぜか、行っていなくて、和倉温泉に、行っているんですよ。二回もです。同じ旅館に、泊まっているんです」

「和倉といえば、温泉で、有名なところでしたね？」

「そうです。『サンダーバード』の、一応、終点に、なっています」

「田代先輩は、温泉が、好きだったということでしょうか？」

「そうとも、思えませんね」

「どうしてですか？」

「温泉なら、東京の、周辺にだって、いくつもあるじゃありませんか？　それなのに、わざわざ北陸の和倉温泉に行った。近くには、脱線事故の現場が、ある。だからこそ、草津《くさつ》とか、伊豆《いず》の温泉では、なくて、和倉温泉に、行ったと見ていますが、何のために、行ったのか、今のところ、まったく分からないのですよ」

西本は、わざと、自分が、調べたことは、口にしなかった。できれば、野本雅美という女性調査員に、自分で調べてもらいたかったからである。

「田代美由紀さんが、北陸の和倉温泉に、行ったことは、川本課長から聞いていますか？」

西本が、聞くと、雅美は、

「いいえ、全然聞いていませんけど」

「それじゃあ、和倉温泉に、行ってきなさいとも、いわれてはいないんですね？」

「ええ、そうです」

「しかし、あなたが調査するのは、北陸本線の脱線事故なのだから、一度は『サンダーバード』に、乗ってみなさいと、課長に、いわれたんじゃありませんか？」

「北陸本線のことは、私のほうから、課長に聞いたのです」

「何を、聞いたんですか？」

「脱線した『サンダーバード』に乗ったほうがいいでしょうかと聞きました」

「そうしたら？」

「その必要があると思ったら乗ってきなさい。しかし、前任者の、田代美由紀さんは、すでに『サンダーバード』にも乗って、調査報告書を書いているから、その必要は、ないかもしれないともいわれました」

「田代さんが、二回にわたって、和倉温泉に、行ったことは、課長さんから、聞いていないんですね？」

「ええ」

「じゃあ、これから、どうするつもりですか？」

「私も、なぜ、田代先輩が、和倉温泉に、二回も行ったのか、調べてみたくなりました」

「そのことは、課長さんには、いわないほうが、いいですよ」

と、西本が、いった。

「どうしてですか？」

「ひょっとすると、課長さんは、和倉温泉を調べる必要なんか、ないと思っているかもしれませんから。それで、あなたに、いわなかったのかも、しれない。あなたが、和倉温泉に行ってみたいというと、気を悪くするに決まっています。上役というのは、そういうものですから、和倉温泉に行くとしても、課長には、黙っていたほうが、いいと思いますよ」

と、西本は、忠告した。

別れしなに、野本雅美は、明日、和倉温泉に行ってくるという。

西本は、心配になった。

2

西本は、もし、北陸の和倉温泉に行くのなら、上司の第三課長には、黙っていたほうがいいと、忠告したのだが、ＯＬの雅美としては、そうも、いかなかったのだろう。

翌朝雅美は調査会に出勤すると、課長に、北陸本線に乗ってくると、届けを出した後、一人、東京駅に、向かった。

それを、彼女から電話で知らされ、西本は、ますます、不安になってきた。

そこで、野本雅美を尾行する形で、西本も北陸に向かった。

野本雅美は、東京駅から、新幹線で京都に向かった。

西本は、同じ列車のなかから、携帯を使って、昔の仲間で、現在は、私立探偵をやっている橋本《はしもと》に、電話をした。

「今、時間が空いていたら、頼みたいことがある」

西本が、いった。

「どんなことだ?」

「一人の女性をガードしてもらいたいのだが、今、彼女は、京都へ向かう、僕と一緒の新幹線のなかだ。京都駅から、北陸本線で和倉温泉に向かうはずだから、君も、和倉温泉に行ってほしいんだ。頼みたいことは、現地でいう」

西本が、いうと、橋本は、

「了解」

と、あっさり、いった。

予想通り、野本雅美は、京都から、北陸本線の「サンダーバード」に乗った。

行き先は、もちろん、和倉温泉である。

西本は、雅美に気づかれないように、わざと、一両後ろの車両に乗った。

野本雅美の上司、交通事故調査会の第三課の川本課長は、雅美が北陸本線の「サンダーバード」に乗って、和倉温泉に行くことを知っている。

田代美由紀が、和倉温泉に行ったために、殺されたとしたら、野本雅美も危ないことになるかもしれない。そう考えると、心配だった。

和倉温泉に着くと、雅美は、海岸に近いホテルに、チェックインした。それを見て、西本は隣りのホテルに入った。

フロントでチェックインの手続きをしていると、西本の携帯が、鳴った。

橋本からだった。

西本が、チェックインしたホテルの名前を告げると、二時間後、橋本が、ロビーに、姿を、現した。

ロビーで仕事を頼む。

西本は、用意してきた、野本雅美の顔写真を、橋本に渡して、

「隣りのホテルに、この女性、名前は野本雅美、二十三歳がチェックインした。僕は、彼女に顔を、知られているので、そばにいることが、できない。だから、君に、ボディガードを、頼みたいんだ」

「彼女、危ないのか？」

橋本が、聞く。

「断定はできないが、危ないかもしれない。状況によるんだ。今は、たぶんまだ、大丈夫だと思っているが、いつ、その状況が、変わるか分からない」

「不安定ということか。ところで君は、どうするんだ？」

「僕は、遠くから、見守っていたい」

しかし、その日の夜になると、東京の日下から驚きの連絡が入って、事態が、一変した。

「小川裕介が、留置場から、脱走した」

と、いうのだ。

「どうして？　どうやって？」

「それは、分からないが、警官が一人、負傷して病院に、運ばれている」

「それで、捕まりそうなのか？」

「夜明けまでには、逮捕するつもりだ」

と、日下が、いった。

今、なぜ、小川が脱走したのかが、西本にも分からなかった。

「今日も、小川の尋問《じんもん》が、行われたのか？」

「ああ、尋問があった」

「尋問の様子は、どうだったんだ？　何が、尋問のなかで、問題になったんだ？」

「小川のほうから、質問があったんだ。交通事故調査会で、亡くなった、田代美由紀の代わりの、調査員が、任命されたのかを、知りたいと、小川が、いった。それで、尋問をしていた、亀井刑事が、田代美由紀の短大の後輩で、二十三歳の、野本雅美という職員が、引きつぐことになったと、教えたんだ」

「それから？」

「野本雅美という若い女性職員が、これから、どんな調査をしていくのかと、小川が、さらに聞いた。亀井刑事は、最初、教える必要はないと、突っぱねたんだが、小川裕介が、あまりにも必死になって、教えてほしいと、頼むものだから、亀井刑事が、教えたそうだ。第三課の課長が、まず、田代美由紀の、調査報告書に眼を通せと指示したらしいと、小川に、教えた」

「ほかには？」

「今日の尋問の時に、話題になったのは、それだけだ。ほかには、何も、問題は起きていない」

と、日下が、いった。

「今日、尋問以外に、小川裕介に、どんなことが、あったんだ？」

「いや、それだけだよ。ほかには、何もない」

「本当に、それだけなのか？　小川が、怒り出すような、そんなことは、なかったのか？　警官が、小川を殴ったとか、あるいは、弁護士が、会いに来たとか？」

「いや、ほかには、何もない。警官は、小川を、怒らすようなことは、何もしなかったし、弁護士も家族も、小川に、会いには来ていない」

「分かった。いろいろと、教えてくれてありがとう」

西本は、礼をいった。

その後、橋本の携帯に、電話をかけた。

「今、野本雅美は、どうしている?」

と、まず、聞いた。

「ホテルのロビーに降りてきて、フロント係と、何か話をしている。たぶん、田代美由紀という先輩のことを、聞いているのだと思うね。フロント係に、彼女の写真を、見せていたからね」

と、橋本が、いった。

「そちらのホテルに、気になるような、泊まり客は、来ていないか?」

「気になるというと、野本雅美を、監視している客ということか?」

「そうだ」

「三十代の男の二人連れがいる」

「その男たちは、ロビーにいて、野本雅美を、監視している感じなのか?」

「いや、今は、ロビーにはいない」

「それなら、どうして、気になるんだ?」

「僕は、君に呼ばれて、和倉温泉に、やって来たんだが、東京から、こちらに向かう途中の新幹線のなかでも、北陸本線のなかでも、この二人連れが、いたんだ」

「その二人は、君を、監視していたわけか?」

「いや、僕を監視していたというよりも、ひどく、急いでいる感じがした。その上、時々、どこかから、携帯に電話がかかってきて、その二人に、何か、指示を与えているような感じに、見えたんでね。それで、気になっているんだ。加えて、野本雅美と同じホテルに入っている」

「どんな感じの男たちなんだ? 危険な感じがするのか?」

「どう見ても、普通の、サラリーマンだ。ただ、二人とも、サングラスをかけている。何か、特別の指示を受けて、急いで和倉温泉にやって来た。そんな感じがするだけだ。危険な匂いは、しない。たぶん、誰かの、指示を受け、こちらで何かを、調べて、報告するつもりなんじゃ、ないのかな?」

「俺は、これから、急いで東京に帰らなければならなくなった」

「この時間で、東京まで行ける列車が、あるかな?」

「なければ、タクシーを、飛ばして東京に帰る」

「タクシーで？　そんな大事な用ができたのか？」

「ああ、そうだ。今は、説明することはできないが、いつか君にも、話すよ。とにかく、君には、野本雅美を、守ってほしい」

それだけいって、電話を切ると、ホテルのフロントに、タクシーを呼んでくれるように、頼んだ。

3

タクシーに乗ると、

「一刻も早く東京に帰りたい。急いでくれ」

とだけ、いった。

「じゃあ、高速を、使ってもいいですか？」

「ああ、何でもいい。とにかく、早く着けばいいんだ」

西本は、車が走り出すと、目を閉じた。

シートに深く腰をかけ、車に揺られながら、考えた。考えることは一つしかない。

どうして、こんな時に、小川が、脱走したのかということである。

西本は、小川が、田代美由紀を、殺したとは思っていない。裁判になっても、小川の無実は、いずれ、証明されるだろうと、信じていた。

それなのに、なぜ、小川は、脱走してしまったのか？　脱走すれば、それだけ警察や、裁判官の心証を間違いなく悪くする。そのくらいのことは、小川にも、分かっていたはずである。

小川は、法廷で、自分の行動の、正当性について、何のために、田代美由紀に、近づいたのかを、説明するつもりなのだと、考えていた。

したがって、小川が、脱走することなど、まったく、考えていなかったのである。それが、突然、脱走した。脱走せざるを、得ないようなことが、あったに、違いない。

日下刑事によれば、今日、小川は、亀井刑事から、尋問を受けたという。逮捕されてから、何回も尋問を受けているから、今日、尋問が、あったからといって、そのせいで、脱走したとも思えなかった。

しかし、日下の話では、今日一日、尋問以外に、これといったことは、なかったという。

とすれば、尋問の内容に、脱走を決意させるような、何かがあった、はずである。

その尋問のなかで、小川は、死んだ田代美由紀に代わって、交通事故調査会では、どんな人間を、調査員に指名したのか？　それを、知りたいといったらしい。

野本雅美という、田代美由紀の後輩で、二十三歳の若い職員が、調査報告書を作ることになったと教えたという。

その後、小川は、野本雅美という新しい調査員には、どんな指示が、あったのかと聞いた。そこで、上司の、第三課の課長が、まず田代美由紀の作った、調査報告書を読むように指示したと答えた。

今日の尋問で亀井刑事と、小川との間に交わされた会話は、それだけだと、日下は、教えてくれた。

この後、小川は、突然、脱走を決行した。

尋問の時の、亀井刑事と、小川との会話のなかに、小川裕介が、脱走した理由があると、考えざるを得なかった。

亡くなった、田代美由紀に代わって、後輩の、若い野本雅美という、二十三歳の女性職員が、北陸本線の事故について、調査することになった。

しかし、このことが、脱走の理由になったとは、思えなかった。野本雅美が、北陸本線の脱線事故について、どんな、調査報告書を、作るのか、今の時点では、まったく、分からないからである。

第三課の課長からの野本雅美に対する指示が、問題に、なるのだろうか？

日下刑事の話では、第三課の課長は、野本雅美に対して、前任者の、田代美由紀の作った調査報告書に、目を通すようにと、指示したという。上司とすれば、当然の指示だろう。

西本は、小川が、田代美由紀に、関心を持った理由を、考えてみた。

問題の北陸本線の、脱線事故に対して、交通事故調査会や、上司たちの、事故に対する対応や、見解とは、違ったものを、田代美由紀が、持っていたからではないのか。

当然、田代美由紀が作った、調査報告書も、ほかの調査員や、調査会自体の持っている脱線事故に、関する考え方とは、違ったものになっているはずである。

もし、その調査報告書を、野本雅美が、読んだとすれば、彼女自身の、脱線事故に対する考えも、田代美由紀に似てくるのではないだろうか？

交通事故調査会も、第三課の調査員も、北陸本線の「サンダーバード」の脱線事故に対する見解が、ＪＲに不利な見解とはならないものでなくてはならないと思っているだろう。唯一、田代美由紀という調査員だけが、逆の見方をしている。

小川は、そう思って、田代美由紀を、ガードしていたはずである。

そうした、田代美由紀の調査報告書を、そのまま、第三課の課長が、野本雅美に、目を通すように、勧めるはずがなかった。

「と、すると――」

と西本は、考える。

田代美由紀の、調査報告書は、パソコンで打った報告書だろう。

それなら筆跡が、分からないから、ほかの人間、例えば、第三課の課長が、自分たちの都合のいいように、内容を改竄《かいざん》して調査報告書を作り、田代美由紀のものとして、野本雅美に読ませた可能性が、強いと、思わざるを、得なかった。

今日の尋問の時の話から、小川裕介は、何らかの、危機を感じたのでは、ないだろうか？

田代美由紀の、調査報告書は、すでに、書き換えられているのではないか？その書き換えられた調査報告書を、田代美由紀が、作ったものとして、新しい調査員の野本雅美に、見せていること。

田代美由紀の、本当の調査報告書は、すでに、焼却され、野本雅美は、作られた田代美由紀の、調査報告書に同調してしまう、可能性がある。

としたら、小川が危険を冒して、やったことは、すべて、無駄になってしまうだろう。そこで、小川は急遽《きゅうきょ》、脱走を、決意したのではないだろうか？

4

すでに、午前零時を、過ぎていた。

小川の視線の先に、公益法人交通事故調査会が入っている、ビルが見える。そのビルの正面入り口の近くには、二台のパトカーが停《と》まっていた。小川が、交通事故調査会に、侵入してくるのを、予期して、監視に当たっているパトカーであることは、小川自身がいちばんよく、知っていた。

このまま、真正面から行けば、簡単に、捕まってしまうだろう。

裏口から侵入するのも難しい。当然、そちらにも、刑事が、張り込んでいるはずだからである。

小川は、物陰に、身を潜め、しばらく、ビルの様子を窺《うかが》っていたが、パトカーが、姿を消す兆候は見られなかった。

午前一時を過ぎると、逆に三台目のパトカーがやって来た。降りてきたのは、昨日、小川を尋問した、亀井という刑事だった。若い刑事と、何か話しながら、ビルのなかに、入っていく。

これでは、なおさら、あのビルに忍び込むことはできそうもなかった。

小川は、少し離れたところまで歩き、タクシーを拾った。

「渋谷区宇田川《うだがわ》町×番地」

と、小川は、運転手に、いった。

タクシーが走りだす。

宇田川町×番地は、交通事故調査会の理事長、五十嵐清志が、住んでいる場所である。五十嵐理事長の自宅近くで、タクシーを降りた。

すでに、午前二時を、回っている。

こちらの和風の家の前には、パトカーは、停まっては、いなかった。

小川は、勝手口から、なかに忍び込んだ。

すでに、家人たちは、寝てしまっているのだろうか、屋内は、物音一つせず、静かである。

台所で包丁を、一つ手に入れて、足音を殺して、二階に、上がっていった。

奥の部屋に、明かりがついていて、抑えたような男の声が聞こえてくる。小川は、足を止め耳を澄ました。

5

「君は今、調査会にいるんだな?」

低い男の声が、聞こえてくる。

どうやら、家の主人の五十嵐が、誰かと、電話で、話しているらしい。

したがって、聞こえてくるのは、一方的な五十嵐の、声だけである。

「小川裕介が脱走したというのは、本当なのか？」

「どうして、警察は、そんなヘマをしたんだ？」

「警察も、信用が、置けないな」

「調査会に、小川が、忍び込んでくる恐れは、ないのか？」

「そうか、パトカーが三台も、来ているのなら安心だな」

「君は今、何をしている？」

「田代美由紀の、調査報告書？　そんなものは、早く、処分するんだ。なぜ、ためらっている？」

「何だって？　万が一、問題になった時のために、本物があったほうが、いい？　バカなことを、いいなさんな。すぐに、焼却してしまうんだ」

「野本雅美のほうは、本当に、安心なのか？」

「そうか、君が書いた、田代美由紀の調査報告書を、野本雅美に、読ませたのか？　それはいい。文章は、うまくごまかしたか？」

「そうか、君は若い頃、文学青年だったのか。それなら、田代美由紀の文章のクセだって、簡単に真似することが、できただろう？　ああ、それでいいんだ。野本雅美は、どうしている？」

「そうか、君が、田代美由紀が、北陸へ調査に行ったことを、教えたのか？　それなら、野本は今、北陸だな。田代美由紀の本物の、調査報告書は、今日中に、始末しておけよ。それ自体が、残っていることがまずいんだ」

6

小川は、そっと襖《ふすま》を開けた。部屋の隅で、こちらに背を向けてガウン姿の五十嵐清志が、どこかに、電話をかけている。

小川は、そっと近づいて、包丁を相手の顔に当てて、反対側の手で、電話を切ってしまった。

振り向いた五十嵐の顔が、一瞬、引きつった。

「声を出したら、殺しますよ」

と、小川が、いった。

「できれば、僕は、大人しく話し合いたいんだ。分かりますよね？」

小川の言葉に、五十嵐が、黙ってうなずく。

「僕は今、殺人容疑で、警察に、逮捕されている。ここで、あなたを殺しても、さしたる、問題じゃない。そのつもりで、答えてくださいよ」

小川が、脅《おど》かした。

五十嵐が、黙ってうなずく。すっかり、おびえているのは、明らかだった。

「今、誰かと、電話をしていましたね？　相手は誰ですか？」

小川は、聞いた。

「第三課の課長の川本だ」

五十嵐の声が、少し震えている。

「やっぱりそうですか。その電話を聞いて、いたんですが、面白いことを、いっていましたね。田代美由紀の、本当の調査報告書って、いったい何ですか？　ニセの、調査報告書が、あるんですか？」

「ニセの調査報告書？　そんなものが、あるはずが、ないだろう」

「おかしいですね。ちゃんと聞きましたよ。電話の相手は、第三課の課長の川本さんでしたね？　その川本さんに、あなたは、こういったんですよ。田代美由紀の、本物の調査報告書なんか、早く始末しろ。そんなものが、この世にあってはいけないんだ。あなたは、そういっていたはずですよ」

「いや、君の聞き間違いだ。そんなことは、いっていない」

「僕は、殺人容疑で逮捕されているんですよ。その上、警察を、脱走した。多分、死刑の判決が出るでしょうね。そんな僕にとっては、もう一人、あなたを、殺したって同じなんですよ。どうせ、死刑になるんだから。この意味、分かりますね？」

小川は、手に持った包丁を振りかぶり、五十嵐の前にある机の上に、突き刺した。

五十嵐の顔が、また、引きつって、体が、小刻みに、震えている。

それでも、五十嵐は、

「私は、君に、ウソなんか、ついていない。死んだ、田代美由紀の調査報告書というのは、この世に、一つしかないんだ。本物もニセ物もないよ」

「新しい調査員として、田代美由紀の後輩の野本雅美が、選ばれましたね？　彼女を、選んだのは、理事長の、あなたですか？　それとも、第三課の、川本課長ですか？」

「川本君が推薦《すいせん》して、私が、決めた」

「野本雅美に、先輩の、田代美由紀が作った調査報告書を、読むように指示したんですね？　そうですよね？　これ以上、ウソをつくと、僕は、我慢ができなくなって、平気で、あなたを、刺しますよ」

「君のいう通りだ。田代美由紀の、調査報告書を読むようにと、川本課長が、野本雅美に、指示した」

「それは、川本課長が書いた、ウソの調査報告書ですね？」

「何度も、いっているだろう。ニセ物なんて、そんなものはない。あるのは、田代美由紀の書いた本物の、調査報告書だよ。それ以外に、調査報告書は、ないんだ」

「いいですか、理事長さんに、いっておきますがね、僕は、あなたと、第三課の課長との電話のやり取りを、すべて、聞いてから、ここに入ってきたんですよ。あなたは、いっていたじゃ、ありませんか？　第三課の課長は、若い時、文学青年だったから、田代美由紀の文章の真似をするのが、うまいはずだ。絶対に、田代美由紀の、ニセ物の調査報告書だと分からないように、しておけと、いったはずですよ」

「そんなことはない。田代美由紀本人が書いた調査報告書だよ。ほかには、何があるというんだ？」

「十分経ちましたよ」

「何のことだ？」

「僕は、これでも、意外に、辛抱強いほうなんです。しかし、真剣な話をしているのに、茶化されると、がまんも十五分が限度なんです。今までに十分が経った。あと、五分経って、その間も、理事長のあなたが僕のことを茶化していると、間違いなく我慢の限界が来ますからね。その時にどうなるのか、僕自身にも分かりませんよ」

と、小川はもう一度、相手を脅かした。

「私は――」

と、五十嵐が、何かいいかけた時、電話が鳴った。

一回、二回、三回と、呼び出し音が鳴り、そして、切れた。

急に、五十嵐の態度が、大きくなった。

「君の負けだ」

と、突然、五十嵐が、いった。

「今、電話が、三度鳴りましたね。そのことを、いっているのですか？」

「ウチはね、日本でもいちばんの警備保障会社と、契約をしているんだ。今、三度、電話が鳴った。私が出ないと、この家が、危険な状態になっている。そう受け取って、警備保障会社から、警察に、一一〇番が行くんだ。あと五分で、パトカーがやって来る」

と、五十嵐が、いった。

「そうですか、あと五分で、パトカーが来ますか」

「そうなれば、君は逮捕される。どうするね？　すぐ、逃げるかね？」

「別に逃げませんよ。理由を、教えましょうか？　ポケットに、小さなボイスレコーダーを入れていて、録音のボタンを押してあるんですよ。だから、今までのすべての会話が、録音されている。それを、警察に出せば、あなたが逮捕されることになる」

小川が、いうと、五十嵐が、笑った。

「ウソだね。そんなものが、君のポケットに入っていないことは、分かっているんだよ。この、机の上にある、小さな機械を、よく見たまえ。これはね、この部屋に、盗聴器が仕掛けられていて、会話が、録音されていると、赤いボタンが点灯するんだ。ところが、ずっと、点灯していないから、この部屋のなかには、盗聴器もボイスレコーダーもないことになる。つまり、君は、そんなものを、持っていないんだ」

と、五十嵐が、いった。

そのうちに、パトカーのサイレンの音が聞こえてきた。

「正確に、五分だね」

と、いって、五十嵐が、笑ってから、

「君には気の毒だが、これで終わりだよ。君は逮捕されて、殺人容疑と、それに、脱走の罪が重なって、君自身が、いったように、おそらく、死刑になるんじゃないのかね？　君が望むなら、私が、優秀な弁護士を、つけてやってもいいがね」

その言葉に、今度は、小川が、笑ってしまった。

「あなたには、人間の覚悟というのが、分かっていませんね。パトカーが、到着しても、私は、簡単には逮捕されませんよ。どうしてだか、分かりますか？　あんたを、人質にして、ここに立てこもるからですよ。理事長のあんたを、人質にして、籠城《ろうじょう》するんです。たぶん、二、三時間は、持つでしょう。日本の警察は、人命第一だからね。その間に、去年の九月十六日に、北陸本線で起きた脱線転覆事故の調査について、すべてしゃべらせて、やる。あんたが、あくまでも、ウソをつくのなら、最後には、あんたを刺殺して、僕も死ぬ。そのほうが、この世界も、いくらかは、スッキリするでしょうからね」

「私を殺せば、君は、死刑になるぞ」

五十嵐が、小川を睨《にら》んだ。

小川が、また、笑った。

「さっきも、あんたは、いったじゃないですか？　殺人と脱走で、君は、死刑になるぞと。それなら今ここで、理事長のあんたを、殺しても、それ以上の罰を、受けるわけじゃない。僕にしてみれば、ここで、あんたを殺しても、後悔をすることなんて、何もないんですよ」

と、小川が、いうと、五十嵐は、少しずつ、

(コイツは、本気で、自分を殺すかもしれない)

と、思い始めたらしい。そのことに、またおびえて、青白い顔に、なった。

7

パトカーが、停まる音がした。

小川は、五十嵐の腕をつかむと、二階の窓を開け、そこから外に、五十嵐の顔を突き出した。

「やって来た警察に、大声でいうんだ。家には、入ってこないでくれ。私が殺される。今すぐ、大声でいえ」

小川は、五十嵐の耳元で、囁《ささや》いた。

包丁で、その背中を、突く。

五十嵐は、一瞬、小さく悲鳴を上げてから、外に向かって、大声で叫んだ。

「警察の皆さん、家のなかには、入ってこないでください。入ってくると、私は、犯人に殺されます」

五十嵐が、その言葉を、大声で二回、繰り返した。

第6章　告発とその結果

1

十津川と亀井は、その時、高田馬場駅に近い、公益法人交通事故調査会のビルのなかにいた。

留置場を脱走した小川裕介は、こちらのビルに、現れるのではないかと、思ったのだが、小川裕介は、一向に、姿を現さない。

「念のために、理事長の、五十嵐清志さんに、こちらに来るように、連絡してもらえませんか？」

十津川が、近くにいた、川本第三課長に、いった。

「じゃあ、電話で呼んできましょう」

川本が、応えて立ち上がった時、彼の携帯が、鳴った。

「もしもし」

と、いった後、急に、川本の顔色が変わった。

「分かりました。すぐ、そちらに伺います」

と、いって、電話を切った後、十津川に向かって、

「今、五十嵐理事長からの、電話でした。私に至急、宇田川町の自宅に、来るようにと、いわれました」

「本当に、五十嵐理事長からの、電話なんですね？」

「ええ、そうです。理事長の声を、間違えるはずはありません」

「今の電話で、どうして、理事長に、こちらに来るようにいってくれなかったんですか？」

「何だか、ひどく、慌《あわ》てている感じで、やたらに、早口だったので、口を挟めなかったんです。申し訳ありません」

「あなた一人に、自宅に、来るようにと、五十嵐さんは、いったんですか？」

「ええ、そうですが、第三課が作った、北陸本線の事故に関する調査報告書も、持ってくるようにと、いわれました」

「調査報告書というと？」

「うちの課の人間十人に、各自、北陸本線の脱線事故について、調査報告書を作らせました。そのでき上がったものを、審議会の委員に、読んでもらい、判断の参考にしてもらいます。その調査報告書です」

川本はすぐ、職員の一人に命令して、

「私の部屋の隅にある、キャビネットから、北陸本線の事故の、調査報告書の束を持ってきてくれ」

と、大声で、いった。

指示された職員が、調査報告書の束を運んでくる。

「もう一つ、亡くなった、田代美由紀君が作った調査報告書もある。それは、茶封筒に入れて、キャビネットのいちばん下に入っているはずだ。それも持って来てくれ」

川本は、明らかに、イラついていた。

「殺された田代美由紀さんの作った調査報告書も、取ってあるのですか？」

十津川が、聞いた。

「ええ、念のために、取ってあります。その調査報告書は、途中で、終わっていますから、新人の野本雅美君が今、調査をして、新しく調査報告書を、作っています。結果的には、野本雅美君の作った、調査報告書のほうを、審議会に、提出することになると、思っています」

「しかし、今、五十嵐理事長は、田代美由紀さんが作った調査報告書を持ってこいと指示されたんですね？」

「ええ、そういわれました」

「何だか、おかしいですね」

と、十津川が、いった。

「何がですか？」

「第三課長の、あなたがいったように、田代美由紀さんは、調査報告書を書き上げる前に、死んでしまった。だから、新人の野本雅美さんが、現在、調べている。最終的には、彼女の作った、調査報告書を審議会に提出すると、今、そう、おっしゃいましたよ」

「ええ。そうなるはずです」

「それなのに、どうして、五十嵐理事長は、田代美由紀さんの書いた、完成していない調査報告書を持ってこいと、いったんでしょうか？　私が、おかしいというのは、その点ですが」

「それは、私にも、分かりません」

相変わらず、第三課長の川本は、明らかにイライラしていた。

「もう出かけて構いませんか？　五十嵐理事長は、至急、来てくれといっているのですが」

「田代美由紀さんの、調査報告書だけ、至急、コピーが、取れませんか？」

「取れないことは、ありませんが、どうしてですか？」

「とにかく、コピーしてください」

十津川が、有無をいわさず、強い口調で、いった。

茶封筒から取り出された、田代美由紀の調査報告書が、コピー機にかけられた。

「ひょっとすると、脱走した小川裕介は、今、五十嵐理事長の自宅のほうに、いるのかもしれませんね」

　亀井が、十津川に、いった。

　コピーが終わった。

「そろそろ、出かけたいと思いますが、構いませんか？」

　と、川本が、いう。

「川本さんは、理事長からの電話で、何か、感じたんじゃありませんか？　ひょっとして、脱走した小川裕介は、こちらには、来なくて、理事長の自宅に行ったのではありませんか？　理事長は、小川裕介に脅かされているのでは、ありませんか？」

「私には、何も、分かりません。とにかく、大至急来いと、理事長にいわれたので、行くだけです」

　と、川本は、繰り返した。

「それでは、行ってください。十分に気をつけて」

　と、十津川が、いった。

2

十津川は、刑事たちを、集めた。

「脱走した小川裕介は、渋谷の、宇田川町にある五十嵐理事長の、自宅に行った可能性がある。これから、われわれも、そちらに、行く。ただし、小川が理事長を、人質に取っていることも、十分に考えられるから、気をつけてくれ」

と、いった後、亀井には、

「カメさんは、こちらに、残ってくれ。小川が、こちらに、電話をしてくる可能性も、あるからな」

刑事たち六人に、十津川を含めた、七人が、二台の覆面パトカーに、分乗して、渋谷区の宇田川町にある、五十嵐理事長の自宅に向かった。

十分ほどして、残った亀井刑事の携帯に、電話が入った。

「西本です」

と、相手が、いった。

「今、東京に向かっています。小川裕介は、見つかりましたか？」

「まだ、見つかっていないが、渋谷区宇田川町にある、交通事故調査会の五十嵐理事長の自宅に、忍び込んだ可能性が、あるようだ。警部たちは、十分ほど前に、そちらに、急行したが、そうだとすると、五十嵐理事長が、人質に取られているはずだ」

「もし、小川が、五十嵐理事長を、人質に取ったとすると、何か凶器を持っているんでしょうか？」

「それは、分からない。今から二十分ほど前に、こちらにいた第三課長の川本に、理事長から、電話がかかってきて、慌てて、宇田川町の、理事長の自宅に向かったよ」

「小川が、理事長を脅迫して、川本を呼びつけさせたということですか？」

「川本第三課長は相当狼狽《ろうばい》していたからね。ただ単に、理事長に呼ばれただけとは、とても、思えない。君がいったように、小川が、理事長の自宅に忍び込んで、理事長を、脅かしているのかもしれないな」

「しかし、何のために、第三課長の、川本を呼んだんでしょうか？」

「交通事故調査会の第三課に所属する十人が、北陸本線の脱線事故について、各自がそれぞれ調査をして、報告書を、提出している。その報告書が、この秋の事故調査審議会で審議委員に渡される。それを持ってこいといわれて、第三課長が、慌てて、持っていったんだ。そのなかには、田代美由紀の、作成した未完の報告書も入っている」

「それを聞くと、なおさら、危険を感じますね」

「十津川警部も、君の説に、賛成らしい。だから、さっき、三田村刑事たちを連れて、宇田川町の、理事長の自宅に、向かったんだ」

「そうですか」

「ところで、そちらの収穫は、何かあったのか？」

「それが、はっきりしないのです。肝心の、田代美由紀が死んでしまっていますからね。私は、これから、そちらに戻ろうと思いますが、後のことは、橋本に、任せてきました。彼は、刑事では、ありませんから、かえって、有力な聞き込みが、できるかもしれません。何か分かった時には、すぐ、私の携帯に、連絡をくれることになっています」

「分かった。それでは、東京に着いたら、迷わずこちらに、来てくれ。高田馬場の駅の近くにある、交通事故調査会だ」

3

十津川たちは、渋谷区宇田川町の、五十嵐理事長の自宅の前に着いた。

二階建ての鉄筋造りの、シャレた邸宅である。

二階に、明かりがついているのだが、物音は、まったく、聞こえてこない。

塀《へい》を巡らした家の前には、五十嵐理事長の専属運転手が、所在なげに立っていた。家のなかから、追い出されたという感じである。

十津川が、その運転手に、声をかけた。

「さっき、公益法人交通事故調査会から、川本課長が、こちらに、来たはずなんですが、見ていますか？」

「いらっしゃいました。その代わりに、私が、外に、追い出されてしまいました」

「この男が、今、この家を、占領しているわけですか？」

十津川が、小川裕介の写真を見せると、運転手は、うなずいた。

「理事長の家にいるのは、間違いなく、この男です」

「何か、武器を、持っていますか？」

「五十嵐理事長は、猟銃所持の免許を、持っていて、イギリス製の猟銃を二丁と、弾百発を、いつも持っているのですが、忍び込んできたこの男に、奪われてしまいました。ですから、今、犯人は、猟銃二丁と、弾丸百発を持っています」

と、運転手が、いった。

十津川の携帯が、鳴る。

亀井刑事からだった。

「そちらは、今、どんな具合になっていますか？」

「小川裕介が、こちらの、理事長宅を占拠している。理事長の猟銃が、奪われて現在、犯人の小川裕介は、その猟銃二丁と、百発の弾を、所持している。今から、十五分ほど前に、交通事故調査会の川本第三課長が、理事長宅に入っていった。その代わりに、運転手が、家から追い出されている」

「そうすると、猟銃を、持った小川裕介が、理事長宅を支配しているわけですね?」

「ああ、そう考えて、いいと思う。家のなかは、明かりが、ついているが、静かだよ。何の物音も聞こえてこない。だから、内部で、いったい、何が、行われているのかは、ここからでは、まったく分からないな」

「こちらは、西本刑事から、電話がありました。今、和倉温泉から東京に、向かっているそうです。着き次第、こちらのビルに、来るようにといってあります」

「ちょっと待ってくれ」

と、十津川が、急にいった。

「何か、動きがありましたか?」

「今、タクシーが、家の前に着いた。三田村刑事と、北条早苗刑事の二人が、誰が来たのかを、調べに行った。分かり次第、連絡するよ」

十津川は、いったん電話を切った。

三田村と北条早苗の二人の刑事が、タクシーから降りてきた中年の男性を、十津川のほうに、案内してきた。

十津川が、警察手帳を示すと、相手の中年の男は、名刺を差し出した。

名刺には、T大の教授で、名前は、田代博司とあった。交通問題研究家とも書かれている。名刺の裏を見ると、さまざまな、交通事故に関する審議会の、委員を務めていることも、分かった。

「先生は、亡くなった田代美由紀さんのお父さんですね？」

と、十津川が、聞いた。

「そうです」

「今日は、どうして、五十嵐さんの家を、訪ねて、こられたのですか？」

「一時間ほど前に、いきなり、電話がかかってきましてね。至急、来てもらいたい。去年の九月十六日の、北陸本線の脱線事故について、折り入って、お話ししたいことがある。五十嵐さんに、そういわれたので、駆けつけてきたのですが、私が、あの家に入ってはまずいのですか？」

「いや、ぜひ、五十嵐理事長に、会っていただきたいのですが、今、あの家のなかでは、猟銃を持った若い男が、五十嵐理事長を人質に取って、立てこもっているらしいのですよ」

　十津川が、いうと、田代教授は、ビックリしたような顔で、

「どうして、そんなことが、起きているんですか？」

「先日、先生の娘さん、田代美由紀さんが、殺されました。それに絡んでの事件だと、われわれは、考えています。もし、そんな危険な場所には、行きたくないと思われるのでしたら、ここに留《とど》まって様子を見ていてください。ただし、先生が行かないと、犯人が、五十嵐理事長を、射殺する恐れがあります」

　十津川は、正直に、いった。

「五十嵐理事長のほかに、誰か、人質はいるんですか？」

「もう一人、交通事故調査会で、去年の北陸本線の脱線事故について調べていた、第三課の川本課長も呼び出されて、現在家のなかにいますから、彼も、人質になっているかもしれません」

「そうですか、川本さんも、いるのですか。もし、そうなら、どうあっても、行かなければいけませんね」

「犯人があなたを傷つけることはないと、思いますが、行かれるのでしたら、くれぐれも、気をつけてください」

十津川は、田代博司が、家のなかに入っていくのを見送った。

小川裕介の、命の恩人が、去年、九月十六日の、北陸本線「特急サンダーバード29号」の脱線事故で、亡くなっていることは、十津川も聞いている。だから、小川は、その事故の調査・報告が、正確で、真実を明らかにしてくれることを、望んでいる。そのことも、十津川には、分かっていた。

それに対して、国交省は、問題の脱線事故について、調査して、報告することを、交通事故調査会に、依頼した。もちろん、その報告が、最終結論というわけではない。

交通事故調査会の職員が、まず脱線事故の原因について調べ、その報告書を、最終決定をする事故調査審議会の委員に、提出する。その調査報告書を、参考にして、審議会の委員が、事故について、国交省に報告して、それが、最終決定になるのである。

問題は、第一段階の、調査報告書を作るのが、公益法人の交通事故調査会だということである。

小川裕介が、どうやって、調べたのかは分からないが、交通事故調査会の段階で、第三課に所属する十人の職員が、この事故について調べている。ところが、その調査の方向は、この事故が防ぎようのない事故という形に持っていこうとしているらしい。

そのなかで一人だけ、田代美由紀という女性の職員は、真実を求めて、あちこち走り回っていた。

小川裕介は、それを知って、彼女を守ろうとしたのではないか――

十津川の携帯が、鳴った。

上司の、三上刑事部長からだった。

「そちらは、今、どんな具合なんだ？　さっき、君は、留置場から脱走した小川裕介が、公益法人交通事故調査会の、理事長、五十嵐清志の自宅に、立てこもったと、私に、報告したが、その後の動きは、どうなっているんだ？　何か、変わったことが、あったのか？」

「現在、家のなかは、いたって、静かです。あの後、交通事故について、研究している T大教授の田代博司さんが呼ばれて、理事長の家に入っていきました。田代教授を呼んだのは、五十嵐理事長ということに、なっていますが、小川裕介が、五十嵐理事長を、脅かして、呼ばせたんだと思います。ですから、今、家のなかの人質は、五十嵐理事長、川本第三課長を含めて、三人ということになります。犯人の小川裕介は、五十嵐理事長から奪った猟銃を二丁と、弾丸百発を持っています」

「犯人の小川裕介は、理事長たちを人質に取って、何をするつもりなんだ？　何か要求をしているのか？」

「今のところ、具体的な要求を、出していません。今申し上げたように、田代博司という、T大の教授で、交通事故の専門家を、呼んでいます。田代博司は、殺された、田代美由紀の父親で、今回の脱線事故の最終結論を出す、事故調査審議会の委員でもあります」

「小川裕介は、交通事故調査会の、五十嵐という理事長と、T大の、その田代という大学教授を、脅かして、自分の、気にいるような結論を出させようとしているのかね？　しかし、そんな、脅しで作った報告書は、国交省が、取り上げるわけがないから、おそらく、マスコミにでも、発表するつもりなんだろう。そう、思わないか？」

「その可能性も、大いにあると、思います」

十津川が、いった瞬間、突然、家のなかから銃声が、聞こえた。

周囲がお屋敷町なので、銃声は、やたらに、大きく響いた。

「今、銃声が聞こえたぞ。何があったんだ？」

電話の向こうで、三上刑事部長が、大声を出した。

「刑事の一人が、家のなかの様子を探りに、屋敷の勝手口に、近づきました。それを知って、小川が、銃で撃ったんだと思います」

「ケガをしたのか？」

「いえ、大丈夫だったようです。何事もなく、こちらに、逃げてきましたから。この段階では、犯人の小川裕介は、殺人なんか、犯さないでしょう。何とかして、自分の考えを、マスコミに知らせたいと思っているはずですから」

と、十津川が、いった。

三田村刑事が、十津川のところに、走ってきた。十津川は、彼に携帯を渡して、

「三上部長が出ている。今あったことを、報告してくれ」

「三田村です。どうしても、内部の様子を知りたいと思って、勝手口に、近づい

たところ、いきなり猟銃で、撃たれました。大丈夫です。ケガはしていません。おそらく、犯人の小川も、私を狙ったのではなくて、宙に向かって、撃ったのではないかと思いますね」

「どうして、見つかったんだ？」

「屋敷の至るところに、監視カメラが、ついています。五十嵐理事長は、自分が、狙われているのを知って、数を増やしたのではないでしょうか？　昔は、あんなにたくさん、監視カメラがついていなかったそうですから。小川裕介は、そのカメラで私が屋敷に近づいてくるのを知って、威嚇《いかく》の意味で、猟銃を撃ったのだと思います」

と、三田村が、いった。

三上刑事部長との電話が終わると、十津川は、三田村に向かって、

「結局、何も、分からずか？」

「はい。ただ、犯人と人質は、どうやら、二階にいるようです。二階から、撃たれましたから」

と、三田村が、いった。

「運転手が、さっき、外に追い出されたから、現在、あの屋敷のなかにいるのは、犯人と人質が、三人、合計四人ということになるな?」

「そのほかに、女性がいるようです」

「女性?」

「ええ、声が聞こえましたから、たぶん、お手伝いの女性ではないかと、思います。犯人は、彼女に、食事を作らせているのではないかと、思います」

時間が経っていくが、屋敷内で何が行われているのか、依然として、分からなかった。

心配して、三上刑事部長が、新しく十人の刑事を、宇田川町に、寄こした。

その十人のなかには、二人、狙撃班の人間が含まれていた。その二人には、五十嵐理事長の家が、見渡せる、近くのビルの屋上に、上がってもらうことにした。

西本刑事が、高田馬場の交通事故調査会のビルに、寄ってから、今度は、十津川たちのところに、やって来た。

「どんな具合ですか?」

西本が、十津川に、聞く。

「見ての通り、まったくの膠着《こうちゃく》状態で、何の動きもない。高い塀があって、二階のカーテンは、全部閉められているから、なかで何が行われているのかは、まったく分からないんだ」

十津川が、いうと、西本は、考え込んだ。

そんな西本刑事に向かって、十津川が、

「君は小川裕介と友人だから、彼が、どんな人間かも、分かっているはずだ。これから、小川が、どんな行動に出るか、大体の想像がつくんじゃないのか？」

「私は、小川裕介が、高田馬場駅で、田代美由紀を、殺したとは、今も、思っておりません。彼は、そんなことをするような、男じゃないのです。しかし、留置場から脱走し、三人の人間を、人質に取って、立てこもっています。たぶん、自分が、どんな刑になるかを、知っていて、実力行使に出たんだと思います。それを考えると、小川には、去年九月十六日の『特急サンダーバード29号』の脱線事故について、マスコミに、発表したいことがあるんじゃないかと、思います」

「しかし、それは、いくらなんでも、無理なんじゃないのかね？　人質を取って、脱線事故について自分の考えを発表したとしても、誰も、小川のいうことは、信じないよ。それに、人質になっている三人が、何をいっても、小川が猟銃で脅かして、無理やりいわせているに、違いないと思うからね。そのくらいのことは、小川本人にも、分かっているんじゃないのかね？」

「もちろん、分かっていると思いますが、今回、脱走事件を起こしたのは、切羽つまって、追いつめられての、行動だと思うのです」

と、西本が、いった。

4

小川は、お手伝いの女性を、二階に呼ぶと、丁寧《ていねい》な口調で、

「申し訳ありませんが、コーヒーを淹《い》れてください」

と、いった。

お手伝いが、四人分の、コーヒーを淹れてくれた。

「これを飲んで、これから何をすべきか、考えようじゃないですか」

小川は、猟銃を片手に持ったまま、コーヒーを、飲んだ。

「君は、いったい、何をするつもりなのかね？」

五十嵐理事長が聞く。

小川が何も答えず、黙っていると、五十嵐理事長は、

「もし、これ以上、することがないんなら、われわれを、すぐに、釈放しなさい。君には、われわれを監禁して、あれこれ命令する権限は、ないんだ」

「時間を使って、今回は、後悔をしない結論に、到達したいんですよ」

「君は、いったい何の権限があって、われわれを、監禁し、拘束しているのかね？」

「私の権限？」

と、いって、小川は、笑った。

「私に、そんなものは、ありませんよ。もし、私に、権限があるとすれば、それは、私が持っている猟銃ですよ。この空間のなかで、最も強い権限というか、力を、持っているのは、この猟銃ですからね。その猟銃を、確保している私に、当然、いちばんの、権限があると思っていますよ。しかし、私は、あなた方を殺すつもりはありません。私が欲しいのは、あなた方の命ではなくて、真相ですよ。

去年の九月十六日に、北陸本線で『特急サンダーバード29号』が、脱線転覆事故を起こして、多くの死者を、出しました。この事故の原因は、いったい、何だったのか？　まず、それを知りたいのですよ。もう一つは、西武新宿線の高田馬場駅で殺された、田代美由紀さんの事件の真犯人は、いったい、誰なのか？　この二つを、何とかして、明らかにしたい。私の希望は、それだけですよ」

「それなら、ここに、警察を呼んだら、どうなのかね？」

第三課長の川本が、小川に、向かって、いった。

「警察を呼んでも、いいですがね。高田馬場駅で、いったい、何があったのか、その真相が分からない以上、警察に、来てもらっても、事件は、解決しません。それこそ、時間の無駄というものですよ」

小川は、コーヒーを飲み終わると、一枚のメモ用紙を取り出した。そこには、こんな文字が書き込んであった。

〈マスコミの関係者各位へ

私は現在、殺人容疑をかけられている、小川裕介という者です。

私は現在、公益法人交通事故調査会の理事長、五十嵐清志さんの、渋谷区宇田川町にある自宅に、立てこもっています。

私は、ここに、同じ、交通事故調査会の川本第三課長、T大の教授で、交通事故の専門家、田代博司さんにも、来てもらっています。

私は、ここで今、いったい、何を、しているのか？

私は今、去年、九月十六日の北陸本線の脱線転覆事故について、田代博司教授や、あるいは、交通事故調査会の、理事長と、鉄道事故について調べている、第三課の川本課長と一緒にいます。

この三人が、昨秋の鉄道事故をどう思っているのかを、一緒に考えていただきたいのです。それが、まず、皆さんに、お願いしたいことの一つです。

第二は、先日、西武新宿線の高田馬場駅で、交通事故調査会の職員、田代美由紀さんが、殺される事件があり、私が事件の容疑者ということに、なっていますが、彼女を殺した覚えは、まったく、ありません。

私は、事件の真相を知りたいのです。

ここには、真犯人か、あるいは犯人に、田代美由紀を、殺させた人間が、必ずいると、思うから、皆さんに、集まっていただいて、その真相も、明らかにしたいのです。

その発表は、今から一時間後に、行いますので、それまでに、マスコミ各位には、宇田川町の五十嵐理事長邸に集まっていただきたいと、思います。

マスコミの皆さんに、危害を加えるつもりはまったく、ありません。私と一緒に、真相を考えていただきたいだけです。私の願いは、それだけです。

以上

小川裕介〉

「このメモをファックスで、マスコミ各社、新聞社や、テレビ局、あるいは、週刊誌を出している出版社に、大至急、送ってほしいのですよ。今から十分間で、それを、全部やってほしい。もし、できないということになると、それは、私に対する反抗とみなして、猟銃の引き金を引かざるを、得なくなりますよ」

そういって、小川は、メモを、五十嵐理事長に、渡した。

5

ファックスが送られ始めると、逆に、電話が鳴り響いた。実際に、三人の人質が、監禁されているのかどうか、その問い合わせだった。

その殺到する問い合わせに対して、五十嵐理事長が、

「間違いなく、自分たちは、ここに監禁されている」

と、答えれば、いいのだが、少しでも、もたもたしていると、小川が、横から、受話器を奪い取り、

「私が小川だ。間違いなく、三人の人間を人質に取って、この屋敷に、立てこもっているんだ」

と、怒鳴り、それでも、相手が分からないでいると、いきなり、天井に向かって、猟銃を発射した。それが、一番分かりやすい合図だった。

マスコミのなかには、こちらに、問い合わせをしないで、一一〇番して、警察に、聞いてくる社もあった。

それに対して、警察は、

「間違いなく、現在、渋谷区宇田川町×番地の五十嵐理事長宅は、二丁の猟銃を持った、犯人に占拠されており、五十嵐理事長のほかに、同じ、交通事故調査会の川本第三課長、それに、田代博司T大教授の三人が、監禁されている」

と、答えた。

問い合わせに、時間がかかったが、一時間もすると、新聞社、テレビ局、そして、雑誌社などから、二十人の記者が、五十嵐理事長の自宅に集まってきた。

小川裕介は、その二十人に、一階の、大きなテレビの前に、集まってもらった。

自分は、二階で、三人の人質と話し合い、その様子を、テレビ局の人間に設置させた、テレビカメラとケーブルを使って、一階のテレビの大画面に、映し出せるようにしたのである。

もし、許可なく、二階に上がってくれれば、容赦《ようしゃ》なく射殺すると、小川裕介は、記者たちを脅かした。

今、小川裕介が、いちばん恐れているのは停滞である。このまま、何も分からずに、時間ばかりが、どんどん経過するのが、小川裕介には、いちばん、怖かったのである。

6

新聞記者のなかに、十津川の大学時代の同窓生であり、現在、中央新聞社会部記者をしている、田島がいた。田島は、五十嵐理事長に問い合わせをすることも、一一〇番することもなく、いきなり、十津川の携帯に、かけてきた。

田島の話で、十津川は逆に、目の前の五十嵐理事長の家で、何が、起ころうとしているのかを、知ったのである。

十津川は、集まってくる新聞社や、テレビ局の車の邪魔を、しないように、少し離れた地点から、見守ることにした。

上司の三上刑事部長は、

「新聞記者や、あるいは、テレビ局のカメラマンなどに紛《まぎ》れて、刑事を、五十嵐邸に乗り込ませては、どうだ？　そうすれば、何とか、容疑者の、小川裕介を取り押さえ、三人の人質を、解放できるんじゃないかね？」

と、いったが、十津川が、

「うまく行けば、いいですが、失敗すると、三人の人質以外にも、集まった記者たちのなかに、死者が、出るかもしれませんよ」

と、脅かして、三上刑事部長の提案を、やんわりと、拒否した。

その代わりに、中央新聞の田島には、小型の、高性能マイクを持ってもらい、なかの様子が、十津川の耳にも、聞こえるようにしてもらった。万一の時には、十津川は、部下の刑事と一緒に、飛び込んでいくつもりだった。

その計画は、三上刑事部長にも、報告しておいた。それで、三上は、少しは、安心したらしかった。

小川裕介は、一階に集まってもらった、記者たちに、

「これから、二つの事件の真相に迫っていきたいと、思います。一つは、去年の九月十六日、北陸本線で起きた『特急サンダーバード29号』の脱線転覆事故です。この事故で、十七人の乗客と、運転士一人が死亡しています。現在、公益法人交通事故調査会が、第一次の、調査をしていて、その調査報告書をもとに、最終の決定機関、事故調査審議会によって、最終報告書が、作られることに、なってい

ます。今ここに、交通事故調査会の五十嵐理事長と、鉄道事故について、実際の調査をしている第三課の川本課長に、来てもらっています。現在、交通事故調査会の第三課に所属している十人の職員が、この鉄道事故について、各自自由に、調査して、報告書を書き上げました。九人の職員は、もちろん、今でも無事ですが、田代美由紀さんは、この四月十日に、西武新宿線の高田馬場駅で、何者かに、刺されて死亡しました。なぜ、田代美由紀さんが、殺されたのか？　それを調べながら、公益法人交通事故調査会が、交通事故に関して、常に、正しい報告書を作って来たのかどうかを明らかにしたいと、思うのです」

小川は、ここまで、一気に話した後、ひと呼吸置いてから、

「ここに、十通の調査報告書が、あります。公益法人、交通事故調査会の第三課に所属する十人の職員が作成した、調査報告書です。このうちの、九通ですが、読んでもらうと、奇妙なことに、気づくはずです。この脱線転覆事故は、さまざまな、原因が考えられてきました。車両の点検ミス、台風の影響、それから、運転ミス。ほかにも、レールの破損を挙げる人もおり、さまざまな理由が、考えられるのです。それなのに、この、九通の調査報告書は、まったく同じように、書

かれているのです。整備不良もなく、台風が来ているのに、運転の指令を出した、管理責任者のミスもなく、すべて、事故の原因は、運転のミスであると、結論づけているのです。『特急サンダーバード29号』を運転していた加藤久雄運転士は、事故で、死亡していて、もちろん、反論は、できません。これから、その九通の調査報告書を、皆さんに、読んでいただきます」

小川は、屋敷に残っているお手伝いの女性に、九通の調査報告書を、一階の記者たちのところに、持っていかせた。

記者たちが、その九通の調査報告書を読み終わるのを待って、小川は、次の話に移っていった。

「皆さんは、すでに九通の調査報告書には、目を通してくださったと、思いますので、もう一通、これは、田代美由紀さん、高田馬場駅で殺された女性が、自分であらゆる面から調査した後、書き上げた報告書です。彼女の場合は、ほかの九人とは、異なって、先入観なしに書いています。それに、目を通していただきたい」

今度は、お手伝いの女性に、田代美由紀の書いた調査報告書を、一階に持っていかせた。

「ご覧になると、お分かりになると思いますが、彼女が、脱線転覆事故の原因として挙げているのは、二点です。一つは、車両の整備不良です。この車両は、整備不良のために、以前にも、何回か、小さな事故を繰り返していることが分かりました。それにもかかわらず、しっかりとした、整備をしてこなかったのです。これが、事故の原因の一つとなっています。もう一つが台風です。この台風は、風台風で、最大瞬間風速は、北陸地方で四十メートル近くにも達し、列車を、追いかけるように台風が、動いているにもかかわらず、JRの運行管理室は、運休にはせずに、運転士の加藤久雄氏に、和倉温泉までの、運転を命令したのです。この二つの理由によって、九月十六日の夜、『特急サンダーバード29号』は、脱線転覆事故を起こし、十八人の犠牲者を出したと、報告しているのです」

小川裕介は、さらに続けて、

「この十通の、調査報告書をご覧になると、聡明なマスコミの皆さんは、当然、おかしいと思われるはずです。ほかの九人とは、まったく違った調査報告書を書いた田代美由紀さんは、皆さんも、ご存じのように、西武新宿線の高田馬場駅で、何者かによって、殺害されました。そうすると、交通事故調査会は、さっそく、彼女の書いた調査報告書を、没にして、新人の職員に、改めて、調査報告書を書くように命じたのです。そればかりではありません。この新人職員に対して、先輩に当たる、田代美由紀さんが書いた調査報告書を見せて、このように書いてほしいと、いったそうです。しかし、それは、田代美由紀さん本人が、書いたものではなくて、上司の、川本第三課長が、勝手に書き直したもので、ほかの九人と、まったく同じ内容の調査報告書なのです。ここまで考えてくると、どうして、田代美由紀さんが、殺されたのか、記者の皆さんにも、想像がつくはずです。この事実を、私は、あることから、知りました。詳しいことは、今のところ、お話しするわけにはいきませんが、一種の内部告発があったと、ご理解ください。公益法人という名前がありながら、この交通事故調査会では、大きな組織、あるいは、利益を同じくするところから頼まれると、平気で、交通事故の真相を隠し、都合のいい理由を、でっち上げているのです。それについて、怒りを感じた交通事故調査会の人のなかから、私に、知らせてきた人が、いるのです。その時、私は、これは、危ないなと、思いました。公益法人交通事故調査会が、力で、田代美由紀さんに、調査報告書の、書き換えを要求するのではないのか？　しかし、彼女の性格を、調べてみると、そうした圧力には、絶対に、屈しないところがあると分かりました。だからこそ、危ないのではないかと、思ったのです。もう一つ、私が、気になっているのは、今回の脱線転覆事故の原因について、最終の結論を下す事故調査審議会が組織されるわけですが、田代美由紀さんの父親、Ｔ大の田代博司教授が、その審議会の、委員になっていることです。そうなると、田代委員が、自分の娘である、田代美由紀さんの作った調査報告書に重きを置くかもしれない。そうなると、交通事故調査会は、大きな痛手を、被《こうむ》ってしまいます。そのため、強硬な手段に、訴える恐れがあると、私は、考えたのです。警察に、知らせても、たぶん、警察は、取り合ってくれないでしょう。なぜなら、公益法人交通事故調査会に対して、あれこれいう権限は、警察には、ありませんからね。そこで、私は、自分に、できることを考えたのです。それは、私自身が勝手に、田代美由紀さんの、ボディガードになるということです。そこで、まず、住居を、田代美由紀さんと、同じ所沢に移しました。それから、毎朝、同じ高田馬場方面行きの電車に、乗り込んで、何とかして、田代美由紀さんを、自分自身の手で、守ろうとしたのです。そのために、彼女を、遠くからカメラで、盗み撮りしたこともあります。それは、彼女に近づく人間が、彼女の口を、封じてしまうかもしれないと思ったからです。しかし、彼女の安全を、保つことができませんでした。あの日、私の目の前で、田代美由紀さんは、何者かに、刺されて死んでしまったのです。その上、私は、容疑者として、逮捕されてしまいました。しかし、私は、犯人では、ありません。私には、彼女を殺さなくてはならない動機というものがないからです。動機があるのは、大きな組織のために、大金を貰って、事故の調査を、都合のいいように、書き換えてきた公益法人交通事故調査会です。おそらく、今、ここにいる、第三課の川本課長か、あるいは、五十嵐理事長が、指示を出して、まず、田代美由紀さんに圧力をかけ、調査報告書の書き換えを、要求したのではないでしょうか？　しかし、彼女は、その要求をきっぱりと、拒絶した。そこで、彼女の口を封じてしまった。これ以外に、私には考えられないのです。今、ここに、問題の、その二人が、います。今から一時間以内に、真犯人を、教えなければ、私は、手に持った猟銃で、二人を、射殺することにします」

7

十津川は、覆面パトカーのなかで、目の前の五十嵐邸から聞こえてくる、さまざまな話し声に、耳を傾けていた。

ほかの刑事たちも、集音マイクが拾う話し声に、熱心に、聞き入っている。

高田馬場のビルにいた、亀井刑事も、この時には、十津川のところに来ていて、一緒に話を聞いていた。

「これで、小川裕介は、勝てるんでしょうか？」

西本が、聞く。

「いや、このままでは、勝てっこないな」

と、亀井が、いった。

「しかし、正しいことを、話しているのは、小川裕介のほうですよ」

「なるほど、小川裕介のいっていることは、正しいと思うがね。こういう形では、絶対に、勝てないんだ」

「どうしてですか？」

「確かに、彼が指摘したように、調査報告書の内容は、間違いなくおかしい。まったく同じ調査報告書が、九通も、あるからね。たった一通だけが、まったく違ったことを書いている。その上、その違った内容の報告書を書いた女性は、殺されてしまった。誰だって、これはおかしいと思うだろうし、五十嵐理事長や、川本第三課長が、裏で操っているのではないかと思うだろうが、残念ながら、証拠がないんだ。同じ内容の調査報告書が、九通もあったとしても、同じ結論になったのは、偶然だといえば、それに反論するのは難しい。また、この後、小川は、猟銃で脅かして、五十嵐理事長や、川本第三課長に、田代美由紀を殺させたのは、自分だと告白させることはできるかもしれないが、後になって、あれは、猟銃で脅かされたので、仕方なくそういったまでだといわれてしまえば、それまでだからね。小川裕介のほうは、逮捕され、刑務所に送られてしまい、それで、終わりだ」

と、亀井が、いった。

「私も、今の亀井刑事の考えに賛成だ。いかにも、聞いている限りは、小川裕介のほうが、正しいように思えても、現実は、違ってくる。証拠はないし、何しろ、小川裕介は一人で、相手は、公益法人交通事故調査会という大きな、組織だからね。勝てるわけはないんだ」

と、十津川が、いった。

8

結果は、十津川と亀井が考えていた通りになった。

集められた新聞記者、テレビ局の人間、あるいは、雑誌記者たちは、いっせいに会社に帰って、記事を書いた。

しかし、小川裕介が希望したような公益法人交通事故調査会の、内部暴露や、田代美由紀殺しの真犯人の名前とか、そういうことを、書いたのではなくて、小川裕介という男が、五十嵐理事長の家に、人質を取って立てこもり、記者たち二十人を集めて、真相と、称するストーリイを語った。それだけなのである。

どの新聞もテレビも、そういう記事や放送に、なっていた。小川裕介は再び逮捕され、留置場に戻されてしまった。

十津川の友人田島が、社会部記者を務めている、中央新聞でも、記事の内容は同じだった。

凶悪な犯人、小川裕介が、家を占拠し、人質を取り、自分勝手なことを、記者たち二十人を、集めてしゃべった。

記事は、それで、終わりである。

次の日、十津川と亀井は、新聞記事に目を通して、小さくため息をついた。

「やっぱり、予想通りですね」

と、亀井が、いった。

「予想通りだが、こういう予想通りというのは、イヤなものだ」

と、十津川も、いった。

「西本刑事が、人一倍、ガッカリしていますよ」

と、亀井が、いった。

「たぶん、そうだろうね。しかし、一人の個人が、何の証拠もなく、ただの、正義感から大きな組織に、刃向かっても、自《おの》ずと結果は、見えているんだ。一人では、どうやっても、勝てっこない」

と、十津川が、いった。

第7章　すべての終章

1

国交省の要請を受けて、北陸本線「特急サンダーバード29号」脱線事故調査審議会が、正式に活動を開始した。委員長は、S大の教授であり、交通工学の専門家、北川浩《きたがわひろし》。審議会の委員には、殺された田代美由紀の父親、T大教授の田代博司も加わっている。

西本刑事は、そのことに、わずかな、期待を持ったようだが、十津川は、それは大して影響があることではないだろうと、考えていた。

問題は、脱線転覆事故の原因である。JRの責任と考えられるのは、車両の整備不良と、最大瞬間風速三十八メートルという猛烈な勢力の台風が近づいている最中に、列車を運行させたことがあげられる。それとも、事故は、不可抗力だったのか？ 亡くなった列車の運転士、加藤久雄の、運転ミスだったのか？

十津川の耳には、どちらかといえば、後者を支持する声が、多く、聞こえてきていた。

脱線転覆の寸前に、急ブレーキが、かかったことは、生存する乗客の多くが、証言している。

しかし、その時、風速四十メートル近い大型の暴風が直撃していた。そのなかで、急ブレーキをかけるのは、自ら脱線転覆を呼んでいるようなものだという意見がある。死んだ運転士、加藤久雄の運転ミスと、考える人たちである。

逆に、二十年以上の運転歴のある加藤久雄が、そんな、初歩的な運転ミスをするはずがないという人もいる。

つまり、ベテランの加藤運転士が、あのような状況で、急ブレーキをかけるわけはなく、もし、運転士に、急ブレーキをかける意思がなく、それでも、急ブレーキがかかってしまったとすれば、車両の整備不良のためとしか考えられなくなるというのである。

「今回の、列車事故の原因は、必要のないところで、急ブレーキをかけた加藤運転士の運転ミス。その線で、一件落着しそうだよ」

中央新聞の友人の田島記者が、十津川に、教えてくれた。

そうなれば、脱線転覆事故の原因は、最終的には、運転士個人の責任ということに落ち着いてしまうだろうし、田代美由紀殺しの犯人も事故には、関係がなく、小川裕介ということで決まってしまうだろうと、十津川は、思った。

2

ところが、数日経って、急に、風向きが変わってきたのである。

事故調査審議会の委員の任にあった田代博司が、突然、辞表を提出し、そのあと、新聞や雑誌、テレビの記者を、集めての緊急会見を開いたのである。

もし、田代博司の辞表提出が予想されていたら、国交省も、交通事故調査会も、何らかの手を、打っていたに違いない。

記者会見で、田代博司は、教授らしい落ち着いた表情で、集まったマスコミの人間を前に、委員を辞める理由を、説明した。

「まず初めに、私が、委員を辞職する理由を申し上げたい。事故調査審議会が開かれる前に、公益法人交通事故調査会で、この脱線事故についての調査をいたしました。調査会の職員十人が、それぞれ自由な立場から、脱線事故を調査し、レポートを、書き、その十通のレポートが、われわれ、審議委員のところに、送られてきました。このレポートを基《もと》にして、われわれが、事故の原因を、特定し、今回の事故についての、最終的な報告書を作成することになっていました。ところが、調査会から送られてきた十通のレポートに、目を通していて、私は、奇異の感に打たれました。レポートは、十通が十通とも、まるで事前に申し合わせていたかのように、今回の脱線転覆事故の原因を、運転士の運転ミスであると、断定していたからです。もちろん、あの台風の直撃を受けていましたから、列車がスピードを落とすことは分かりますが、急ブレーキをかけたとすれば、列車が、脱線しても仕方がありません。それゆえに、脱線転覆の原因は、運転士の、運転ミスによるものであると、書かれているのです。しかし、皆さん、よく考えてみてください。運転士の加藤久雄さんは、五十歳で、運転士としての経験は、二十五年でした。脂《あぶら》の乗っている年齢で、その上、加藤久雄という運転士は、性格的に、落ち着いていて、何かトラブルに見舞われた時でも、冷静に、対応することのできる人間だったと、同僚の誰もが、いっています。それなのに、なぜ、十人の書いたレポートが、揃《そろ》いも揃って、すべて、運転ミスということに、なっているのか、私には、それが、どうにも、不思議で仕方ありませんでした。私は、調査をした、公益法人交通事故調査会に、私の疑問について、率直に、問い合わせてみたのです。そうすると、調査会のほうでは、『この事故については、誰が考えても、運転ミスと分かっているのですから、十人とも、レポートに、そう書いたまでのことで、別の意見が、一つもないというのも、決しておかしいことでは、ありません』という回答でした。ここで、私は、さらに、不信感に陥《おちい》りました。といいますのも、交通事故調査会には、私の娘、田代美由紀がいて、彼女もまた、今回の事故について、調査し、レポートを書くようにと、上司から、命じられていたからです。彼女は、私に、問題の事故に関する調査について、一度だけ話してくれたことがあるのです。その時、彼女は、はっきりと『今回の事故は、絶対に、運転士の運転ミスなどではない。ＪＲ側の車両の整備ミスと、さらに、風速四十メートル近い台風が近づいてきているのに、運行を中止しなかったＪＲの運行責任者の判断ミス。その二つが、重なって起きた事故で、いわば人災である』と、いっていたのですよ。ところが、事故調査審議会には、彼女が、書いたレポートが、なぜか来ていなくて、私の娘に代わって、慌てて新人に書かせた、レポートが、届いていたのです。私は、公益法人交通事故調査会に対して、私の娘の書いたレポートも、参考資料として、審議会に、提出してくれるようにと、お願いしました。ところが、調査会は『あなたの娘さんの田代美由紀さんは、ストーカーに殺されています。つまり、ストーカーに、追跡されて、精神的に、おかしくなっていたに、違いないのです。そうした職員の書いたレポートには、信頼が、置けないので、したがって参考資料といわれても、審議会に、提出するわけにはいきません』と、いってきたのですよ。そこで、皆さんに、私の娘、田代美由紀について説明したい。美由紀が、私や母親に対して、ストーカーのことで心配しているとか、悩んでいるとかいったようなことを、話したことは、一度もありません。娘の同僚たちに聞いても、『美由紀さんが、ストーカー行為に、悩まされていて、私たちに相談したようなことは、一度もない』と、証言しているのです。したがって、娘が、ストーカーに、悩まされていたので、精神状態が不安定だから、娘の書いたレポートは、信用できない。それ故、審議委員会には、提出できないというのは、明らかに間違っています。私は再度、調査会に対して、娘の書いた、レポートの提出を求めました。それでもなお、交通事故調査会は、娘のレポートを、提出しようとはしないのです。したがって、事故調査審議会の委員が、参考にすべき調査レポートは、すべて、加藤運転士の、運転ミスという、まったく同じ結論のレポートに、なってしまっています。これでは、公明正大な審議は、できません。私は、国交省に、『現在、調査会から提出されている、十通のレポートを、すべて白紙に戻して、われわれ、審議委員が、白紙の状態から、今回の、列車事故について調べ直したい。できれば、その時間的な、余裕が欲しい』と申し入れたのですが、国交省のほうでは、それに応じてくれません。こうなってしまうと、私はこれ以上、審議会の、委員を務める自信がなくなりましたので、本日、辞表を、提出しました。その理由についても、マスコミの皆さんに、知っていただきたかったので、こうして、皆さんに、お集まりいただいたのです。最後に、もう一つ、娘が殺された事件について、父親としての、私の考えを、申し上げたいと思います。現在、小川裕介という青年が、犯人として、逮捕されています。この小川裕介が脱走し、交通事故調査会の理事長や、今回の列車事故について調査レポートを職員に書かせた第三課の課長を人質に立てこもり、マスコミを騒がせました。このことで、かえって、小川裕介という青年は、容疑を、濃くしたようなものだと、皆さんは、おっしゃっています。しかし、私には、なぜか、小川裕介という青年が、娘の美由紀を、殺したとは、どうしても、思えないのです。娘が、ストーカーについて、まったく心配をしていなかったこと。ストーカーのことを、誰にも話していなかったことは、先ほど申し上げました。娘は、そういうことに、対して、極めて敏感なほうで、もし、ストーカーに、悩まされていたら、私や母親には絶対にいっていたはずなのです。気の強い娘ですから、自ら警察に行き、ストーカーに悩まされていることを話し、相手に、ストーカー行為を、やめるようにいってほしいと、相談したはずなのに、その形跡も、ありません。したがって、私は、娘の美由紀が、ストーカーに、悩まされていたというのは、ウソではないのか？　そんな事実は、どこにも、存在していないのではないか？　そんなふうに考えているのです。したがって、容疑者の小川裕介という青年が、マスコミに向かって、話した行動は、ストーカーとしての行動ではなかった。本当に、私の娘を、守ろうとしていたのではないか？　今、私は、そんなふうに、思っているのです」

これで、田代博司T大教授の記者会見は、終わった。

3

田代博司教授の審議委員の辞任劇と、記者会見は、世論に、大きな反響を与えた。

マスコミが、大きく取り上げた公益法人交通事故調査会の五十嵐理事長と、川本第三課長は、急遽《きゅうきょ》、記者会見を開いて、田代博司教授の言動を批判した。

五十嵐理事長が、いう。

「事故調査審議会の委員を、お願いしていた田代博司教授は、交通事故調査の、わが国の第一人者であって、その研究や、学識については、私どもも、今でも、尊敬しておりますが、今回の件に関しては、娘さんの田代美由紀さんが、ストーカーに殺されてしまい、心を痛めたために、落ち着いて、今回の北陸本線の列車脱線転覆事故についての審議をすることができなくなっていらっしゃるのだろうと、思っております。そのためすべてがおかしく見えて、私どもの調査会を、批判されたとしても、私どもは、別に、反論をいたすつもりは、ございませんし、娘さんの事件は、田代教授にとって、大変なショックだったであろうと、心からご同情申し上げます。しかしながら、そのことによって、突然、審議会の、委員を辞められたり、われわれの提出した、調査レポートの内容が、信用できないといわれましても、われわれとしては、遺憾に思うよりほかにありません。十通の調査レポートの結論が、同じ内容に、なってしまっていることを、田代教授は、批判されて、いらっしゃいますが、今回のような、脱線転覆事故の場合、原因がはっきりしていますので、調査レポートは、どうしても、同じ結論になってしまうのです。幸い、国交省のほうでは、私どもの、調査レポートを、今まで通り重視してくださるそうですので、それについては、安心しており、列車脱線転覆事故についても、正当な、正しい結論が、導き出されるものと、われわれ、交通事故調査会では、期待しております」

しかし、マスコミは、公益法人交通事故調査会の、田代教授に対する反論を、正当なものとは、受け取らなかった。

十通の調査レポートの結論が、同一というのはおかしいと、書く新聞もあったし、田代美由紀が殺された事件についても、その結論に疑問を呈する週刊誌も現れた。

「西本刑事の様子が、少しおかしいですよ」

亀井が、十津川に、いった。

「どうおかしいんだ？」

「今までは意気消沈していたのに、急に元気が出てきたようで、また三日間、休暇を取りました」

「西本刑事は、思い込んだら、どこまでも、突き進んでしまう、一本気な男だ。まあ、気の済むまで、好きなように、やらせておきなさい」

十津川は、改めて、

「それで、カメさんは、どう、思っているんだ？」

「何をですか？」

「占拠事件を起こした、小川裕介だが、田代美由紀の父親の、田代教授は、犯人は、小川裕介ではなく、ほかにいるようなことをいっている。そのことだよ」

「意外に、父親の判断が、正しいかもしれません」

亀井が、いった。

「ということは、小川裕介以外に、真犯人がいるということかね？」

「その可能性も、出てきたような気がするんです。交通事故調査会の列車脱線転覆事故に、対する対応が、おかしくなって、きましたからね。最初から意図的に、今回の事故を、運転士の、個人的な運転ミスということで、終わりにしたかったんじゃありませんか？　そこで、十人の職員に、調査レポートを、書かせようとした。ところが、そのなかに、天邪鬼《あまのじゃく》な職員がいて、調査会が、望むようなレポートを書かなかった。それで、調査会としては、計算が狂って、困ってしまったんじゃありませんかね？」

「その天邪鬼の職員が、田代美由紀というわけか？」

「そうです」

「困った調査会は、田代美由紀の口を、封じてしまった。そういうことになるわけか？」

「西本刑事は、そう、信じているようです」

と、亀井が、いった。

4

三日間の休暇を取った西本刑事は、和倉温泉に、向かっていた。協力を要請していた私立探偵の橋本が、あの後、和倉温泉に泊まり込んでいて、

「問題の、三十代の男と思われる人間が、和倉温泉に、現れたよ」

昨日、西本の携帯に、連絡してきたのである。

西本刑事は、和倉温泉に着くと、橋本が泊まっている旅館に、向かった。

西本が、入っていくと、ロビーで、橋本が、手を挙げて、近寄ってきた。

「問題の男が、見つかったって？」

と西本が、聞くと、

「ああ、見つかったが、今朝早く、この旅館をチェックアウトしてしまった。それでも、名前も、分かったし、どんな人間かも、分かっているから大丈夫だ」

と、橋本が、いった。

小久保力《こくぼちから》、三十三歳だという。

現在の住所は、金沢市内だと、橋本が、つけ加えた。

「その小久保は、何をやっている男なんだ？」

「トラックを、運転して、運送の仕事をやっている」

「トラックの、運転手？」

「そうだ」

「トラック、そうか、トラックね」

西本は、その時、田代美由紀が、西武新宿線の、高田馬場駅で殺されたが、死の直前、「トラ」と、呟《つぶや》いたのを聞いた人間がいたことを、思い出していた。

警察は、それを「トラブル」だと解釈し、小川裕介というストーカーから、狙われて困っていた田代美由紀が、トラブルだと考えていて、それで、死ぬ寸前、「トラ」と、呟いたのではないかと、推理していたのだ。西本以外は、誰もそれを「トラック」などとは考えなかった。

しかし、橋本の報告を、聞いた今となると、西本は、

（やはりトラブルではなくて、トラックのことかもしれない）

と、思うようになっていた。

しかし、だとして、なぜ、トラックなのか？

西本は、一応、この旅館に、チェックインして、夕食を、橋本と一緒にすることにした。

二人は、握り寿司《ずし》を食べながら、話し合った。

「東京の様子が、少しばかり、おかしくなっているようじゃないか」

と、橋本が、聞いた。

「確かに、ちょっと、変な具合になっている」

「それは、君にとって、歓迎すべきことなのか？」

「それが俺にも、まだ分からないんだ。何しろ、小川裕介の無罪が、はっきりと、証明されたわけじゃないからね」

「しかし、北陸本線の列車脱線転覆事故についての、公益法人交通事故調査会の

態度が、何となくおかしいと思い始めたんじゃないのか？」

「一部のマスコミが、公益法人なのに、調査会の動きはおかしいという、指摘をしているが、だからといって、小川裕介の無実が、証明されたわけじゃない。依然として、彼は、ストーカー行為をした挙句《あげく》に、田代美由紀を、殺した犯人ということになっている」

「やはり問題は、田代美由紀だな」

橋本は、続けて、

「彼女が、ストーカーに、殺されたのではなくて、北陸本線の列車脱線転覆事故に、絡んで、何者かに、殺されたということになれば、すべてが、ひっくり返る可能性が、あるんじゃないのか？」

「そうなんだがね。誰が、何のために、田代美由紀を、殺したのかが、分からない」

「僕は、この和倉温泉に来て、三日間、のんびりと湯に浸《つ》かったり、今回の事件について、真剣に、考えたりもしてきた。どう考えても、不思議でならないことが、一つあった」

「それは、殺された、田代美由紀の行動か？」

「その通りだ。彼女は、交通事故調査会の一人として、今回の、脱線転覆事故について調査して、レポートを、書いていたわけだろう？」

「ああ、そうだ」

「それなのに、田代美由紀が、実際調査に、行ったのは、ここ和倉温泉だ。問題の事故があった金沢と、小松の間の現場じゃない。そこには、一回も行っていない。それが、どうしても、理解できないんだよ。どうして、列車が、脱線転覆した現場に、一度も足を運ぼうとしないのか？　まるで、和倉温泉に風呂《ふろ》に入りに来たみたいに、こちらの旅館に、泊まって時間を過ごしている。その理由が分からないんだ」

「その疑問は、解決できないままに、俺もずっと、持っているんだ。彼女は和倉温泉に来て、ここで、コンパニオンの会社をやっている社長のことを、調べたり、その会社に、所属しているコンパニオンの一人を、追いかけたりしていた。それが、今回の列車脱線転覆事故に、どう、関係しているのかが、分からなかった」

「もう一度確認するが、彼女は、列車脱線転覆事故の原因を探るために、調査して、レポートを書いていたんだろう？　そのレポートに、和倉温泉や、コンパニオンのことが、出てくるのか？」

「いや、俺が聞いた範囲では、まったく、出てこない」

「出てこないのか？」

「そうだ。彼女の、調査レポートには、出てこない。だが、それが、列車脱線転覆事故とまったく関係がないと、いい切ってしまうことも、できないんだ」

「どうしてだ？」

「もし、関係がないとすれば、田代美由紀を、交通事故調査会の考えに、反対だからといって、殺す必要は、ないわけだよ。列車脱線転覆事故と、関係のない、まったく違った方向に首を突っ込んでいる彼女を、殺す必要は、ないんだ。それなのに、彼女は、殺されてしまった。ということは、彼女が調べていたことが、自分たちにとって、危険だと考えていた人間がいたからこそ、彼女は、口を封じられてしまったわけだろう？　そう考えていくと、彼女が、和倉温泉や、コンパニオンについて、調べていたことは、間違いなく、列車脱線転覆事故と関係があるんだ、と思う」

「それにしても、君にも、理由は、分からないのか？」

「ああ、分からない。こうなると、君が見つけてくれた、小久保というトラック運転手に、話を、聞くよりしょうがないな」

西本が断定した。

5

その日の夜になって、事故調査審議会の様子が、また、おかしくなった。委員長のS大教授、北川浩が、委員の田代博司T大教授に、呼応する形で、辞表を提出したのである。

田代委員の時と、同じように、記者会見が開かれたので、マスコミが、北川浩委員長に、話を聞こうとして、殺到した。

記者会見の席上、北川委員長は、田代委員よりも、もっとあからさまに、公益法人交通事故調査会に対する不満を、ぶちまけた。彼は前々から、交通事故調査会の、やり方に、不満を、持っていたのだという。

「調査会には、明らかに、ある方向に、審議会の空気を、持っていこうとするような態度が、何回か、感じられたのです。私には、それが、耐えられませんでした」

と、彼は、訴えた。

審議会は、北川委員長と田代委員が、辞めてしまったので、新しくメンバーを選出して、北陸本線「特急サンダーバード29号」の列車脱線転覆事故に関する審議を、再開することになった。

ただ、ここまで来ると、脱線転覆事故の原因は、運転士の個人的な運転ミスと決めつけるわけには、いかなくなってきた。それでは、調査会に引きずられたということに、なってしまうからである。

翌日、西本と橋本の二人は、旅館をチェックアウトして、金沢に、向かった。

列車のなかで、二人は、駅で買った新聞に、目を通した。

新しく、審議委員会の委員長になったのは、田代教授の友人で、今までも、国交省の態度に、批判的な教授だった。そのせいか、新聞は、

「問題の、北陸本線の事故については、運転士個人の、運転ミスという見解から、

離れて、ＪＲの責任とする見解が優勢になるかもしれない」

と、論調していた。

金沢で降りると、橋本が調べておいてくれた金沢市内の、中堅の運送会社に向かった。そこで、小久保という運転手が、働いているはずだったからである。

すでに、午前十時を過ぎていた。この時間なら、運転手は、まず、間違いなく出社しているはずである。

二人は営業所に行き、西本がまず、警察手帳を、営業所長に、見せた。最初から身分を明らかにしておいたほうが、効き目が、あると思ったからである。

「ここに、小久保力という運転手さんがいるはずですが、呼んでもらえませんか？」

西本が、いうと、営業所長は、壁にかかったボードに、目をやりながら、

「小久保運転手が、何か、警察にご厄介に、なるようなことをやったんですか？　まだ来ていないみたいですがね」

「しかし、もう、十時を三十分も過ぎていますよ」

「電話を入れてみます」

営業所長は、いい、小久保という運転手の携帯に、電話を、かけてくれた。

営業所長は、盛んに首を傾《かし》げながら、

「おかしいな。出ませんね」

そこで、二人は、小久保運転手の住んでいるマンションを聞き出し、直接訪ねてみることにした。

浅野川の近くにある、八階建てのマンションだった。そこの六階に、小久保力が、住んでいるという。

しかし、六〇一号室に、小久保力は、いなかった。

管理人に聞くと、今朝早く出かけていったという。

「どこへ行ったか、分かりませんか？」

と、橋本が、聞いた。

「大きなボストンバッグを提《さ》げていたから、仕事じゃありませんね。どこか、旅行にでも行ったんじゃありませんか？」

管理人が、いう。

「六〇一号室を見せてくれませんか？」

と、今度は、西本が、いった。

「いくら刑事さんだからって、勝手に、部屋を、見せたりしてもいいんですかね？」

「そんなことを、いっている場合じゃないんだ。早く見つけないと、小久保さんが、殺されるんですよ」

西本の言葉で、管理人は、慌てて、六〇一号室の錠を、開けた。

二ＤＫの部屋だが、調度品やベッドなどは、かなり、立派なものが置かれていた。

壁に二枚、大きな写真が、飾ってあった。

一枚は、どこにでもあるような、踏切の写真だった。

もう一枚は、列車の写真。明らかに、北陸本線の「特急サンダーバード」の、写真である。

踏切のほうは、どこの踏切なのか、分からない。横に「特急サンダーバード」の写真が、あるから、素直に考えれば、当然、北陸本線の、踏切なのだろうが、それ以上のことは、分からなかった。

西本は、その写真を剥《は》がして、裏側を見た。

そこには「特急サンダーバード」の時刻表が、書き込んであった。

西本刑事は、その時刻表を、自分の、手帳に書き写した。

その後、一時間にわたって、二人は、部屋のなかを、徹底的に調べてみたが、小久保の行き先が、分かるようなものは、何も、見つからなかった。

二人は、金沢駅に戻り、駅長室で助役に会って、西本が、書き写してきた「特急サンダーバード」の時刻表を、調べてもらった。

助役は、西本に向かって、

「これは、現在使われている時刻表では、ありませんね」

「やはり、そうですか。確認したいのですが、去年の、九月十六日の夜、この近くで『特急サンダーバード29号』が、脱線転覆事故を起こしたことが、ありますね。この時刻表は、その時の、時刻表ではありませんか？」

「ええ、その通りですよ。事故当時の『特急サンダーバード29号』の時刻表に、間違いありません」

と、助役が、いった。

次に、西本は、小久保力の、部屋の壁から剝がして持ってきた、踏切の、写真を、助役に見せた。

「この踏切ですが、どこの踏切か、分かりませんか?」

助役は、熱心に、写真を眺めていたが、

「おそらく、北陸本線のどこかにある、踏切だろうとは思いますが、写真だけでは、私にも、どこの踏切だと特定できませんね」

念のために、北陸本線に勤務している運転士を、呼んでくれた。

その運転士は、写真を、一目見るなり、あっさりと、

「ああ、これは、金沢と小松の間にある、踏切ですよ」

「本当ですか?」

「ええ、運転するたびに見ていますからね。間違いありません」

と、運転士が、いった。

「この踏切の近くで、去年の九月十六日の夜、『特急サンダーバード29号』が、脱線転覆したんじゃありませんか?」

橋本が、聞いた。

「そうです。この近くで、脱線しました」

これもあっさりと、運転士は、認めてくれた。

「この踏切の上で、脱線転覆したわけじゃありませんね？」

「ええ、あの時は、確か、この踏切の少し手前で、脱線したはずですよ」

と、運転士が、答えた。

助役が、金沢周辺の地図を、持ち出してきて、写真の踏切が、どの辺にあるのかを、西本と橋本の二人に、教えてくれた。

近くを、国道が走っている。その国道から北に向かう道路があり、その道路が、通っている踏切だった。

助役と運転士に、礼をいい、金沢駅を後にすると、西本が、

「もう一度、小久保力が、働いている、運送会社に行ってみたい。確認したいことがあるんだ」

と、橋本に、いった。

運送会社に戻ると、西本は、営業所長に、

「去年の九月十六日に、大型の台風が、北陸を、通過しましたね？　夜、台風が

直撃した時ですが、こちらのトラックは、動いていたんですか？」

「いや、あの時は、台風の勢力が、大きくて危険だったので、動かしませんでした。台風情報を聞いていたら、どうやら、北陸地方を直撃しそうだというので、全部の車両を休ませました」

と、営業所長が、いった。

「その台風が来た頃ですが、小久保力という運転手は、ここでもう働いていたんですか？」

営業所長は、社員名簿を、持ってきて、調べてくれていたが、

「去年の、九月十六日でしたら、小久保力は、まだ、ここでは、働いていませんね。彼が、ここで働くようになったのは、今年に入ってからです」

「九月十六日には、小久保力は、どこで、働いていたんでしょうか？」

営業所長は、今度は、社員の経歴の書かれた書類を、持ってきた。

「小久保力は、その頃は、自分で、トラックを持って、個人で、運送をやっていたようです。うちで働くようになったのは、さっきもいったように、今年に、なってからですから」

「もう一度、確認しますが、去年の、九月十六日には、小久保運転手は、自分で車を持って、個人で運送業を、やっていたんですね?」

「ここには、そう書いてあります」

「その時、小久保力運転手は、何トン積みの、トラックを運転していたのか分かりますか?」

「いや、そこまでは、書いてありませんが、たぶん、十一トンのトラックですよ」

「どうして、分かるんですか?」

「ウチでも、小久保運転手は、十一トンのトラックを、運転していますからね。たぶん、十一トン積みのトラックの運転に、慣れているんじゃないかと、思いますよ。だから、去年の九月十六日頃も、おそらく、十一トン車を運転していたんじゃないですかね?」

と、営業所長が、いった。

その小久保運転手が、どこへ行ったのか、分からなかった。

西本刑事は、次第に、不安になってきた。ひょっとして、何者かが、手を回して、小久保力という、三十三歳の運転手の口を封じてしまったのではないかと、思ったからである。

翌日も、西本と橋本の二人は、依然として金沢にいた。

何とかして一刻も早く、小久保力という運転手を、見つけて、彼から、話を聞きたかったからである。

しかし、翌日一杯粘ったのだが、小久保力が、自宅マンションに、帰ってくる気配はなかった。

これで、西本の休暇は、終わりである。二人は、東京に戻ることにした。

橋本に、これまでの調査に協力してもらった分の料金を、支払ってから、西本は、警視庁に戻った。

6

一カ月経った。

金沢の、マンションの管理人には、小久保力が戻ってきたら、すぐに、連絡をくれるようにと、西本は、自分の携帯の番号を、教えておいたのだが、一カ月経っても、管理人からは、何の、連絡もなかった。

西本には、いよいよ、小久保力が、何者かによって、すでに、口を封じられているのではないかという予感が、現実のものに、近づいていくような気がした。

それなのに、西本には、殺された田代美由紀が、なぜ、小久保力運転手を、追いかけていたのか、依然として、分からないのである。

月が替わると、北陸本線特急列車脱線転覆事故の事故調査審議会が、第一回の記者発表をした。

「これまでの調査などで、事故の原因は、従来いわれていた、加藤運転士の個人的な運転ミスという線は薄くなり、ＪＲの車両の整備不良と、風速四十メートルの台風が、接近していたにもかかわらず、列車の運行を止めようとせず、『特急サンダーバード29号』を運行させたＪＲの、判断ミスの線が、濃くなってきました。しかし、はっきりと、断定できるだけの材料は、見つかっておりません。まだ、しばらくの間は、このまま、調査を続けるつもりでおります」

これが、新しい委員長が発表した、記者会見の内容である。

「公益法人交通事故調査会にとっては、かなり、厳しい内容だね。これで、調査会の面目は、丸潰れだ」

と、十津川が、いった。

「そうでしょうね。調査会は、列車脱線転覆事故を、運転士個人の、運転ミスで片付けようとして、ずいぶんと、強引な方法を取ってきたみたいですからね。明らかに、ＪＲに恩を売るつもりだったんだろうと、思いますよ。しかし、これで、運転士の個人的な運転ミスという線を、押し通すことは、難しくなってきましたね」

と、亀井が、いった。

西本には、嬉《うれ》しい空気に、なってきたわけだが、公益法人交通事故調査会が、どんな手を、打ってくるのか、それが分からなくて、不安は、まだ、消えなかった。

二日後、今度は、国交省に、一本の電話がかかってきた。

若い男の声で、

「今、去年の九月十六日の北陸本線の『特急サンダーバード29号』の脱線転覆事故について、その原因究明で、大騒ぎになっているが、実は、あの脱線転覆事故の、原因を作ったのは、私です。今まで、怖くて、真相をいえなかったが、これから、そちらに行き、あの脱線転覆事故の本当の原因を、話したいのです」

と、いう。

一時間後、国交省に現れたのは、小久保力という、三十三歳の男だった。

彼は、こう証言した。

「去年の秋、私は、自分の十一トントラックを所有して、個人で、運送業務をやっていた。問題の九月十六日も、京都に行くために、台風の大雨と強風のなかを、運転していた。夜、北陸本線の踏切に、差しかかった時、トラックが、エンストを起こしてしまった。台風が近づいていて、周辺がよく見えなくなっている。列車に、ぶつかってしまっては大変だというので、トラックから、降りて、懐中電灯を振って、合図を送っていたところ、『特急サンダーバード29号』が、突然現れた。きっと、運転士は、踏切で立ち往生しているこちらのトラックに気がついて、慌てて、急ブレーキをかけたのだろう。それが、まずかったのか、列車は脱線して、転覆事故を、起こしてしまった。私は怖くなって、慌てて、エンジンをかけ直して、その場から、逃げてしまった。今、その事故の調査や審議が行われている。審議会の趨勢《すうせい》は、ＪＲの車両の整備ミスと、台風が、近づいているというのに運休にせず、列車を走らせたＪＲの判断ミスにある。そういう結論に、落ち着きそうなので、このままでは、まったく、責任のない会社や運転士の責任が、問われてしまう。そこで、勇気を出して、こちらに、出頭してきた。あの事故は、私のせいで、起きたもので、ＪＲにも運転士にも、何の責任もない」

これが、小久保力が話したすべてだった。

翌日の新聞は、一面に大きく、この小久保力運転手の話を掲載した。

その記事を目にして、多くの関係者が、ホッとしたに違いない。

しかし、警視庁捜査一課の西本は、思わず、

（やりやがった）

と、舌打ちした。

7

（これで、すべてが分かった）

と、西本は、思った。

殺された田代美由紀は、去年の九月十六日の、北陸本線の「特急サンダーバード29号」の脱線転覆事故を調査したが、事故現場には、行かず、ひたすら何度も、和倉温泉に行って、そこの、旅館に泊まり、コンパニオン会社の社長や、所属しているコンパニオンに会い、彼らを通して、トラックの運転手の存在に気づいたに違いない。

なぜそんなことをしていたのか、今、西本には、はっきりと分かったのである。

公益法人交通事故調査会の五十嵐理事長や、川本第三課長らは、この脱線転覆事故を、何とかして、加藤運転士の個人的な運転ミスにすることを、考えていた。

その一方で、調査会のお偉方、五十嵐理事長たちは、万一のことも考えていたのだ。

列車の運転士の、あくまでも、個人的な運転ミスにしようと考えていたのだが、万一、それが、うまく行かなくて、ＪＲの責任が、問われるようなことになった場合の、対策である。

そこで、五十嵐理事長たちは、現場の近くに住む、一人のトラック運転手に、目をつけた。

その運転手、小久保力に、大金を与え、あるいは、和倉温泉にあるコンパニオン会社の社長やコンパニオンに頼んで、思い切り、小久保力を、遊ばせて、万一の時には、自分のトラックが、あの事故を、招いてしまったと名乗り出ることを、約束させたのだ。

おそらく、この話を、田代美由紀は、どこかで耳にしたに違いない。そこで、小久保力という運転手を、探し出して、この策謀のカラクリを、確認しようとしたに、違いない。

そこで、三月の土日、土日と、四日間を使って和倉温泉に行き、田代美由紀は、このトラック運転手を、探し出した。

こうなると、万一の時の仕掛けも、できなくなってしまう。調査会の連中は、思い余って、田代美由紀の口を、封じてしまうことを計画した。

調査会の五十嵐理事長たちは、田代美由紀を、高田馬場駅で殺すことにした。幸い、彼女の跡をつけている男が、いることを知ったからである。

その上、小川裕介という男は、西武新宿線の同じ列車の同じ車両に、毎朝、乗ってきている。もし、高田馬場駅で、殺せば、この男が、警察に、逮捕されるだろう。

そこまで考えて、田代美由紀を、高田馬場駅で殺害した。予期していた通りに、ストーカー容疑で（もちろん、本当は殺人容疑で）、小川裕介が、逮捕された。

こうして、田代美由紀を殺したので、調査会の調査とレポートで、列車事故の原因は、亡くなった「特急サンダーバード29号」の運転士の運転ミスということで、終わりそうである。

これならば、トラック運転手の、小久保力を自首させる必要も、ない。五十嵐理事長たちが、そう思っていたところ、予想していなかったことが、起こった。

審議会の委員、田代博司や、委員長の北川浩が、辞表を提出して、その上、記者会見まで、開いてしまったのである。

こうなると、調査会は、最後の手段を使わざるを得なくなって、小久保力というトラック運転手を、国交省に出頭させたのだ。

西本は、自分の考えを、十津川警部に伝え、十津川は、上司の三上刑事部長に話し、小久保力の逮捕状を請求した。

その結果、田代美由紀殺しの容疑で令状を取り、逮捕した。

警察に連行された小久保力は、意外にあっさりと、田代美由紀の殺害を、認めた。

自分は、去年の九月十六日に、北陸本線の事故が起きた後、遊んでいた和倉温泉で、コンパニオンを呼んだ時、そのコンパニオンから、突然、金になる話があるが、協力しないかと、持ちかけられた。

金が欲しかった小久保力は、簡単にＯＫした。

とにかく、九月十六日の夜に、北陸本線の踏切で、乗っていたトラックがエンストを起こしてしまった。そう証言すればいいからである。

その結果、「特急サンダーバード29号」が脱線転覆して、多くの死傷者を、出したが、それは、自分の責任ではない。たまたまトラックが、エンストした。そのせいである。

まず、刑務所に入ることはないといわれて、引き受けたのである。

そのあと、トレーニングになった。「サンダーバード29号」の時刻表を調べ、何時に、踏切で、エンストを起こせばいいのかのトレーニングである。

幸い列車の運転士は死んでいるので、トラックの目撃者はいない。

ただ、その後、自分の存在に気がついた田代美由紀が、自分を探し回っているという事態が起きてしまった。自分が見つかってしまったら、自分の存在理由が、なくなってしまう。

そう考えている時に、田代美由紀を殺せば、さらに多額の金を、報酬としてもらえる話になった。

そこで、小久保力は、西武新宿線に乗り、高田馬場駅で、田代美由紀を殺した。

これが、小久保力が、自供したすべてだった。

「これで、私の友人、小川裕介は、釈放されますすね」

西本は、確認するように、十津川に、聞いた。

解説

山前 譲
（推理小説研究家）

いわゆる東京一極集中の弊害は太平洋戦争中から問題視されていたようだ。当然、色々な施策が立てられたものの、結果的に功を奏さなかった。戦災復興計画や首都圏整備法などだが、一九五〇年代半ばから六〇年代にかけての高度経済成長期には、予想もしない勢いで東京とその周辺地域の人口は増えている。そんな時代にマスコミを賑わせたのが「通勤地獄」であり、「殺人的ラッシュ」だった。

当時、中央線の混雑率は三百パーセントにもなったという。駅係員が通勤客を無理矢理電車に押し込んでいる映像はよく目にしたものである。窓ガラスが割れたりドアが壊れたり、服のボタンが取れたり靴がどこかに行ったり——ついには女性の失神者もでるほどだった。時間と経費の掛かる鉄路の拡充以外には革新的な対策もなく、通勤客の苦労は今に至るまで続いている。

その頃の中央線の異名は「殺人列車」だったという。もちろんそれは比喩として言われていたのだが、本当に通勤電車で殺人が起こってしまったのが、西村京太郎氏の長編ミステリー『十津川警部　西武新宿線の死角』である。

四月十日の朝、西武新宿線の高田馬場駅で殺人事件が発生した。到着した電車から降りてきた若い女性客が、ホームに倒れこむ。なんと背中を刃物で刺されていたのである。すぐに病院に運ばれたが、死亡が確認された。すぐに十津川班の面々が高田馬場駅に駆けつけるのだった。

ところが駅に着くと、犯人が捕らえられ、駅長室に身柄が拘束されているという。奥のほうに、四、五人の駅員に囲まれて、若い男が椅子に腰を下ろしていた。それを見て西本刑事は思わず叫ぶのである。「小川じゃないか！」と。大学時代の同窓生で、かつてはよく会っていた。ところが彼が西武新宿線沿線の埼玉県所沢市に引っ越してしまい、このところ疎遠になっていたのだ。

女性客がホームで倒れた時、小川がそばにしゃがみ込んで、オロオロしていたという。ただ、事件のあったときの状況を駅員が聞いても、一向に口を開かないというのである。それで怪しまれたのだ。十津川が問いかけても黙っている。

「何もいいたくない」とポツリと言うのだが——。

西武新宿線とは東京都新宿区の西武新宿駅と埼玉県川越市の本川越駅とを結ぶ、西武鉄道の鉄道路線である。路線距離は四十七・五キロメートルだ。西武新宿駅は新宿の繁華街にあるが、『終着駅殺人事件』、『上野駅殺人事件』、『上野駅13番線ホーム』ほか、十津川警部シリーズで何度も舞台になっていた上野駅地平ホームのように、いわば行き止まりの駅である。

そして二階ホームから他路線に乗り換えるには、少々時間を要するのだ。はじめて乗り換える人はちょっと迷うかもしれない。あとほんの少しの距離、JRの新宿駅まで延伸してくれれば、さまざまな路線に乗り換えするのに、かなり便利なのに……。

利用客にそう思う人は国鉄時代から多かったはずだ。じつはその計画はちゃんとあったのだ。けれど、新宿駅に西武線のホームのスペースを確保できず、今のところ駅の移転は頓挫している。

また、西武新宿線は地下鉄など他の路線と相互乗り入れをしていないので、首都圏の通勤客にとってはちょっと利便性に欠ける路線かもしれない。西武池袋線なら現在、地下鉄の有楽町線や副都心線、そして神奈川県方面の東急東横線と相互直通運転をしている。埼玉県民が横浜中華街に行くのには便利なのだが……。

その結果として、地下鉄東西線への乗り換えに便利な、西武新宿駅のひとつ手前になる高田馬場駅での乗降客が圧倒的に多くなるのだった。その混雑ぶりはこの長編で明らかだろう。

監視カメラは駅に設置されていたけれど、多数の乗降客が錯綜して肝心の事件発生の場面は確認できないのである。もちろん小川の姿は確認できるのだが、犯行の場面はよく分からなかった。そうした首都圏の大混雑の通勤路線ならではの鉄道事情が、最初の事件に反映されている。そしてなかなか小川を犯人と確定できない十津川班のもどかしい捜査がひしひしと伝わってくるのだ。

被害者の田代美由紀は高田馬場にある公益法人交通事故調査会に勤めていた。そして小川もまた高田馬場にあるアスカ出版の編集者だった。なにか接点があるのではないか。

小川の所沢のマンションを調べてみると、そこには殺された女性を隠し撮りした写真があった。彼はストーカーだったのか？　ほかに容疑者もなく、十津川警部らは小川が犯人と断定する。しかし西本刑事はそれを信じない。被害者の田代美由紀の周辺を独自に調べていくのだった。

彼女が住んでいた所沢のマンションや公益法人交通事故調査会……。この公益法人がやがて事件全体のメインテーマとなっていく。田代美由紀は前年の九月に起こった、北陸本線を走る和倉温泉駅行「サンダーバード」の脱線転覆事故の調査をしていた。死者が運転士を含めて十八人も出た大事故である。そこに新たな謎が生まれる。西本の調査もそこがメインとなっていく。

どうしてかといえば、何故か彼女は能登半島の有名な和倉温泉に、自家用車で週末に出かけていた。なぜだろうか？　なにが目的だったか？　そこに何か事件解決のヒントがあるのではないかと、西本もまたその地に向かうのである。はたしてそこでの聞き込みの結果は？

かつて十津川班の一員だった私立探偵の橋本の力を借りての西本の精力的な調査、そしてダイイングメッセージの謎解きも興味をそそっていくなか、物語は後半に入っていくが、そこで起こっていることにはきっと意表を突かれるに違いない。西村作品らしいじつに大胆な、そして予想もつかない展開だからだ。そして北陸本線での脱線事故の真相を核とした、スリリングな謎解きがクライマックスとなる。

本書『十津川警部　西武新宿線の死角』は二〇一二年一月にジョイ・ノベルス（実業之日本社）から刊行された。ただその頃、北陸新幹線はまだ長野駅までしか開通していなかった。金沢駅まで開通したのは二〇一五年三月で、それを祝するかのように十津川警部シリーズでも『東京と金沢の間』ほかの関係した長編が書かれている。そして二〇二四年三月に北陸新幹線は敦賀駅まで延伸された。

したがってここで能登半島へ向かう西本刑事や橋本は、まず東海道新幹線で京都へ行き、そこで特急「サンダーバード」に乗り換えて和倉温泉へと向かっている。

「サンダーバード」は現在、北陸新幹線の敦賀駅延伸に伴って、大阪駅・敦賀駅間の運行となっているが、かつては金沢駅や和倉温泉駅ほかへと運行されていて、「雷鳥」や「スーパー雷鳥」とともに、関西方面から北陸方面へと向かうビジネス客や観光客が利用するメインの列車だった。

十津川警部シリーズでも、一九八二年発表の短編「雷鳥九号殺人事件《サスペンス・トレイン》」を嚆《こう》矢《し》とする多くの短編や、『スーパー雷鳥殺人事件』や『裏切りの特急サンダーバード』などの長編でお馴染みの特急だ。

二〇二四年一月一日、能登半島は大きな地震に見舞われた。この『十津川警部西武新宿線の死角』で舞台となっている和倉温泉街の旅館、そして他の地域も甚大な被害を受けてしまったのは周知の通りである。西村京太郎氏の作品群には、とりわけ能登半島を舞台にしたものが多い。それらを読みつつ、我々はいち早い復興を願うことにしよう。復興のキャンペーンの一環として、「サンダーバード」の臨時便を和倉温泉駅まで走らせるプランが検討中らしいので楽しみだ。

そして二〇二五年は、西武新宿線の前身である川越鉄道の、全線開業百三十周年とのことである。電車のヘッドマークのデザインを公募するなど、色々な記念イベントが企画されているようなのでこれも楽しみである。

本作品はフィクションです。実在の個人・団体・事件とはいっさい関係ありません。（編集部）

本書は二〇一四年二月に刊行された
『十津川警部　西武新宿線の死角』（実業之日本社文庫）の新装版です。

実業之日本社文庫　最新刊

西村京太郎
十津川警部　西武新宿線の死角　新装版
西武新宿線高田馬場駅のホームで若い女性が刺殺。前年の北陸本線の特急サンダーバード脱線転覆事故との交点を十津川と西本刑事が迫る！（解説・山前 譲）
に132

火坂雅志
上杉かぶき衆　新装版
天下御免のかぶき者・前田慶次郎や大国実頼、水原親憲など、直江兼続の下で上杉景勝を盛り立てた「もののふ」を描いた「天地人」外伝。（解説・末國善己）
ひ32

真梨幸子
4月1日のマイホーム
新築の我が家は事故物件!? エイプリルフールに引っ越した分譲住宅で死体発見、トラブル続出。土地の因縁かそれとも……中毒性ナンバーワンミステリー！

ま22

南 英男
刑事図鑑　逮捕状
政治家の悪事を告発していた人気ニュースキャスターが自宅の浴室で殺された。何者かの脅迫を受けていたらしいが……警視庁捜査一課・加門昌也の執念捜査！

み739

実業之日本社文庫　好評既刊

西村京太郎
十津川警部 鳴門の愛と死
十津川警部宛てに、ある作家から送られてきた一冊の本。それは一年前の女優強盗刺殺犯を告発する書だった。傑作トラベルミステリー。（解説・郷原 宏）
に11

西村京太郎
伊豆急「リゾート21」の証人
十津川警部は、一枚の絵に描かれた容疑者の完璧なアリバイを法廷で崩すことができるのか!? 緊迫の傑作長編トラベルミステリー！（解説・小梛治宣）
に12

西村京太郎
母の国から来た殺人者
事件のカギは母恋駅──十津川警部は室蘭に飛ぶが、犯人と同名の女性は既に死んでいた……。愛と殺意の連鎖を描く長編ミステリー。（解説・香山二三郎）
に13

西村京太郎
十津川警部 あの日、東海道で
東海道五十三次の吉原宿を描いた広重の版画が語る謎とは？「青春18きっぷ」での旅の途上で日下刑事が遭遇した事件との関連は？（解説・原口隆行）
に14

西村京太郎
十津川警部捜査行 殺意を運ぶリゾート特急
十津川警部の推理が光る、蔵王、富士五湖、軽井沢、伊豆、沖縄を舞台にした傑作短編選。これぞトラベルミステリーの王道、初文庫化。（解説・山前 譲）
に15

実業之日本社文庫　好評既刊

西村京太郎
私が愛した高山本線
古い家並の飛騨高山から風の盆の八尾へ。連続殺人事件の解決のため、十津川警部の推理の旅がはじまる！長編トラベルミステリー（解説・山前 譲）
に1 11

西村京太郎
十津川警部 東北新幹線「はやぶさ」の客
豪華車両は殺意の棺!? 東京と青森を繋ぐ東北新幹線のグランクラスで、男が不審な死を遂げた。事件の裏には政界の闇が——？（解説・香山二三郎）
に1 12

西村京太郎
十津川警部捜査行 北国の愛、北国の死
疾走する函館発「特急おおぞら3号」が、札幌で発生した女性殺害事件の鍵を運ぶ……鉄壁のアリバイを打ち崩せ！大人気トラベルミステリー。（解説・山前 譲）
に1 13

西村京太郎
十津川警部捜査行 日本縦断殺意の軌跡
新人歌手の不可解な死に隠された真相を探るため十津川班の日下刑事らが北海道へ飛ぶが、そこには謎の墓標が。傑作トラベルミステリー集。（解説・山前 譲）
に1 14

西村京太郎
十津川警部捜査行 伊豆箱根事件簿
箱根登山鉄道の「あじさい電車」の車窓から見つけた女は胸を撃たれ——伊豆と箱根を舞台に十津川警部が事件に挑むトラベルミステリー集！（解説・山前 譲）
に1 15

実業之日本社文庫　好評既刊

西村京太郎
十津川警部 八月十四日夜の殺人
十年ごとに起きる「八月十五日の殺人」の真相とは！　謎を解く鍵は終戦記念日にある？　知られざる歴史の闇に十津川警部が挑む！（解説・郷原 宏）
に1 16

西村京太郎
十津川警部捜査行 阿蘇・鹿児島殺意の車窓
日本最南端の駅・鹿児島県の西大山駅で十津川警部の同僚刑事が殺された。捜査を始めた十津川に思わぬ妨害が…傑作トラベルミステリー集！（解説・山前 譲）
に1 17

西村京太郎
十津川警部捜査行 北の欲望 南の殺意
殺されたOLは魔性の女!?　彼女の過去に手がかりを求め、三田村刑事が岩手県花巻に向かうが……十津川班が奮闘する傑作ミステリー集！（解説・山前譲）
に1 19

西村京太郎
十津川警部捜査行 車窓に流れる殺意の風景
女占い師が特急列車事故が起きると恐ろしい予言をした。十津川警部が占い師の周辺を調べると怪しい人物が…傑作トラベル・ミステリー集。（解説・山前 譲）
に1 20

西村京太郎
若狭・城崎殺人ルート
天橋立行きの特急爆破事件は、美由紀が店で出会った男が犯人なのか？　疑いをもつ彼女のもとに十津川班が訪れ…緊迫のトラベルミステリー。（解説・山前 譲）
に1 21

実業之日本社文庫　好評既刊

西村京太郎
札沼線の愛と死　新十津川町を行く
殺人現場の雪の上には、血で十字のマークが。さらに十津川警部に謎の招待状!?　捜査で北海道新十津川町へ飛ぶが、現地は魔法使いの噂が!?（解説・山前譲）
に1 22

西村京太郎
二《ダブル》つの首相暗殺計画
総理大臣が入院している大病院の看護師殺人事件の裏に潜む、恐るべき陰謀とは!?　十津川警部が秘められた歴史と事件の扉をこじ開ける！（解説・山前　譲）
に1 23

西村京太郎
十津川警部捜査行　愛と幻影の谷川特急
編集部に人気作家から新作の原稿が届いたが、作家はその小説は書いていないという。数日後、彼は死体で発見され…関東地方を舞台にした傑作ミステリー集！
に1 24

西村京太郎
十津川警部　出雲伝説と木次線
スサノオの神社を潰せ。さもなくば人質は全員死ぬ！　奥出雲の神話の里を走るトロッコ列車がトレインジャックされた。犯人が出した要求は!?（解説／山前　譲）
に1 25

西村京太郎
十津川警部捜査行　東海特急殺しのダイヤ
犯行時刻、容疑者は飯田線に乗っていた!?　十津川警部が崩す鉄壁のアリバイ！　名古屋、静岡、伊勢路など東海地方が舞台のミステリー集。（解説・山前　譲）
に1 26

実業之日本社文庫　好評既刊

西村京太郎
十津川警部　怒りと悲しみのしなの鉄道
軽井沢、上田、小諸、別所温泉……警視総監が狙われた列車爆破事件の再捜査を要求された十津川警部は、わずか一週間で真実に迫れるのか!?（解説・山前　譲）
に1 27

西村京太郎
十津川警部　小浜線に椿咲く頃、貴女は死んだ
十津川の妻・直子は京都の女子大学時代の仲良し五人組と同窓会を開くことに。しかし、その二日前に友人の一人が殺される。死体の第一発見者は直子だった—。
に1 28

西村京太郎
愛の伊予灘ものがたり　紫電改が飛んだ日
幻の戦闘機の謎を追った男はなぜ殺されたのか？　四国松山で十津川警部が解き明かす、戦争が生んだ悲劇と事件の驚きの真相とは――!?（解説・山前　譲）
に1 29

西村京太郎
十津川警部　北陸新幹線殺人事件　新装版
北陸路を震撼させた事件と戦争の意外なつながりとは!?　山前譲氏による北陸新幹線延伸記念特別企画「北陸新幹線と西村京太郎ミステリー」が加わった新装版！
に1 30

五木寛之・城山三郎ほか／末國善己編
永遠の夏　戦争小説集
戦後七十年特別編集。戦争に生きた者たちの想いが胸を打つ。大岡昇平、小松左京、坂口安吾ほか強力作家陣が描く珠玉の戦争小説集。
ん2 5

実業之日本社文庫　好評既刊

内田康夫	内田康夫	内田康夫	東野圭吾	東野圭吾
砂冥宮	風の盆幻想	しまなみ幻想	白銀ジャック	クスノキの番人

内田康夫
砂冥宮

忘れられた闘いの地で、男は忽然と消えた──。死の真相に近づくため、浅見光彦は三浦半島から金沢へ。著者自身による解説つき。待望の初文庫化！

う12

内田康夫
風の盆幻想

富山・八尾町で老舗旅館の若旦那が謎の死を遂げた。警察の捜査に疑念を抱く浅見光彦と軽井沢のセンセの推理は？　傑作旅情ミステリー。（解説・山前譲）

う13

内田康夫
しまなみ幻想

しまなみ海道に架かる橋から飛び降りた母の死に疑問を抱く少女とともに、浅見光彦は真相究明に乗り出すが……。美しい島と海が舞台の傑作旅情ミステリー！

う15

東野圭吾
白銀ジャック

ゲレンデの下に爆弾が埋まっている──圧倒的な疾走感で読者を翻弄する、痛快サスペンス！　発売直後に100万部突破の、いきなり文庫化作品。

ひ11

東野圭吾
クスノキの番人

不当解雇された腹いせに罪を犯し、逮捕されてしまった玲斗のもとへ弁護士が現れる。依頼人の命令に従うなら釈放すると提案があった。その命令とは……。

ひ15

実業之日本社文庫 に1 32

十《と》津《つ》川《がわ》警《けい》部《ぶ》　西《せい》武《ぶ》新宿《しんじゅく》線《せん》の死《し》角《かく》　新装版《しんそうばん》

2025年2月15日　初版第1刷発行

著　者　西村京太《にしむらきょうた》郎《ろう》

発行者　岩野裕一
発行所　株式会社実業之日本社
〒107-0062　東京都港区南青山 6-6-22 emergence 2
電話 [編集]03(6809)0473 [販売]03(6809)0495
ホームページ　https://www.j-n.co.jp/
DTP　ラッシュ
印刷所　中央精版印刷株式会社
製本所　中央精版印刷株式会社

フォーマットデザイン　鈴木正道(Suzuki Design)

ISBN978-4-408-55933-9（第二文芸）